suhrkamp taschenbuch 535

Herbert W. Franke, 1927 in Wien geboren, studierte Physik, Mathemathik, Chemie, Psychologie und Philosophie. Er promovierte an der Universität Wien mit einem Thema aus der theoretischen Physik zum Doktor der Philosophie. Franke arbeitete eine Zeitlang an einem technischen Forschungsauftrag und war anschließend fünf Jahre in einem deutschen Industriewerk beschäftigt. Seit 1957 ist er freier Schriftsteller. Seine ersten Science-fiction-Geschichten publizierte er in den Jahren 1953 und 1954 in der Wiener Kulturzeitschrift *Neue Wege.* Weitere Veröffentlichungen: *Der grüne Komet*, 1960; *Das Gedankennetz*, 1961; *Der Orchideenkäfig*, 1961; *Die Glasfalle*, 1962; *Die Stahlwüste*, 1962; *Der Elfenbeinturm*, 1965; *Zone Null*, 1970; *Einsteins Erben*, 1972; *Ypsilon minus*, 1976; *Zarathustra kehrt zurück*, 1977; *Sirius Transit*, 1979. Frankes Science-fiction wurde bereits in viele Sprachen übersetzt und mit mehreren Preisen ausgezeichnet. 1979 bekam er einen Lehrauftrag für eine »Einführung in die Science-fiction-Literatur« an der Fachhochschule Bielefeld. 1980 wurde Franke zum Mitglied des Internationalen PEN-Clubs gewählt.

Ein neuentdeckter, erdähnlicher Planet, eine wunderschöne, naturbelassene Welt, und eine Firma, die die Besiedlung organisiert: die SIRIUS TRANSIT. Ihr Sitz: Santa Monica, eine Stadt der Spiele, der Unterhaltung und der Illusionen. Der Chef dieses Imperiums, ein strahlender Held, aber auch Initiator undurchsichtiger Manipulationen: Gus Griffin.

Das Geschehen, das H. W. Franke in seinem neuen Roman schildert, beginnt, als Barry, der Bruder von Gus Griffin, in Santa Monica eintrifft; für ihn bedeutet der Sirius-Planet die Erfüllung alter Träume und Sehnsüchte, und er hofft, daß ihm der bewunderte ältere Bruder einen Job bei den Erschließungsarbeiten verschaffen kann. Es stellt sich aber bald heraus, daß es nicht so leicht ist, zu Griffin vorzudringen. Während eines Aufenthalts in Santa Monica, im Laufe vielfacher vergeblicher Kontaktversuche, gerät Barry mehr und mehr in das Räderwerk einer ihm unverständlichen Maschinerie: Immer stärker wird sein Verdacht, daß das, was hier als Glück verheißen wird, langsam, aber sicher ins Verderben führt. Schließlich gelingt es Barry, das Geheimnis der SIRIUS TRANSIT aufzuklären, aber der Preis ist hoch. Er verirrt sich in diesem System perfekter technischer Illusion, in dem die Unterschiede zwischen Wirklichkeit und Täuschung verfließen.

Herbert W. Franke
Sirius Transit

Phantastische Bibliothek
Band 30

Suhrkamp

Umschlagzeichnung: Hans Ulrich & Ute Osterwalder

suhrkamp taschenbuch 535
Zweite Auflage, 13.–20.Tausend 1980

Satz: IBV Lichtsatz KG, Berlin
Druck: Ebner Ulm · Printed in Germany
Umschlag nach Entwürfen von
Willy Fleckhaus und Rolf Staudt

Sirius Transit

Ankunft Abend

Ganz unvermittelt taucht die Stadt hinter einer Kuppe auf.

Links und rechts noch die endlose Reihe von Agaven, Opuntien, Dornensträuchern, Kulisse dieser langen, einsamen Fahrt. Doch nun, greifbar nah über dem Betonband der Straße: ein lichtüberpunkteter Block, Linienzüge in Neon, das Farbenspiel der Reklamebeleuchtung – ein Abglanz davon wie goldener Staub hoch oben im violettdunklen Abendhimmel.

Das ist nicht irgendeine Stadt. Das ist der Ort, an dem sich Wünsche erfüllen und Sehnsüchte wahr werden. Das ist das Tor der Welt und zugleich ihr Mittelpunkt. Das ist Santa Monica.

Barry hat seinen Wagen am Straßenrand zum Halten gebracht und den Liegesitz hochgestellt. Er ist noch benommen vom Dahindösen, der Schlaf sitzt ihm in den Augen –

aber sein Herz beginnt vor Erwartung zu schlagen.

Er genießt diesen Anblick. Er hat sich ihn ausgemalt, seit Jahren. Es war eine Zeit der Ungeduld und der Erwartung. Jetzt hat er es nicht mehr eilig.

Zischen, anschwellendes Heulen... ein Knall.

Plötzlich ist die Gegend von flackerndem Lichtschein erhellt. Drei flammende Bogen, weiße Spuren hinter sich nachziehend, die langsam im Wind verwehen. Die Raketen nur noch Punkte, hoch über der Hügelkette im Westen. Er folgt ihnen mit den Augen, bis sie in Dunkelheit und Dunst untertauchen. Dann lenkt er den Wagen in die Leitschiene zurück, jetzt wach und aufmerksam.

STIMME AUS DEM RADIO Achtung, Achtung! Noch 2000 Meter bis zum Ende der Leitschiene. Achtung, Achtung! Noch 2000 Meter bis zum Ende der Leitschiene.

Leise Musik setzt ein, ein Vibraphon, ein Schlagzeug...

Barry schaltet die Automatik aus und übernimmt das Steuer.

Der Wagen nähert sich der Stadt. Schon sind Einzelheiten zu erkennen: die farbigen Reklameschriften des Vergnügungsviertels, die beleuchteten Fenster der Villen am Stadtrand, die angestrahlten Leuchtbuchstaben ST über einem riesigen Gebäudekomplex – ST, das Symbol der Sirius Transit.

STIMME AUS DEM RADIO Achtung, Achtung! Noch 1000 Meter bis zum Ende der Leitschiene. Achtung, Achtung! Noch 1000 Meter bis zum Ende der Leitschiene.

Die Musik setzt wieder ein.

Barry zündet sich eine Zigarette an, atmet tief durch, bläst den Rauch gegen die Frontscheibe.

Geruch von Zigarettenrauch.

Ein Blick auf die Uhr am Armaturenbrett: 20.20 – noch früh für einen Ort, in dem die Restaurants und Bars, die Schießstätten und Rennbahnen, die Spielclubs und Theater die ganze Nacht hindurch geöffnet haben.

Wieder das Zischen und Heulen, knallende Geräusche beim Durchbrechen der Schallmauer...

Von Zeit zu Zeit gehen Bündel von Raketen hoch, zuerst langsam, dann immer schneller, bis sie im Dunst verschwinden. Barry schenkt ihnen keine Beachtung mehr. Er konzentriert sich auf die Fahrt, nun erreicht er die ersten Häuser. Ein paar Motels, Tankstellen und Autowerkstätten, Lagerhäuser, Rennbahnen, Minigolfplätze. Rechts ein Parkplatz, drei Videophonkabinen, gemeinsam überdacht. In einem raschen Entschluß biegt Barry ein und hält. Er drückt seine Zigarette aus, steigt aus und schlägt die Wagentür zu.

Frische, warme Luft.

Er betritt eine Videophonzelle, tippt eine Nummer ein. Auf dem Monitor erscheint das Gesicht eines Mädchens.

MÄDCHEN Hier ist der Auskunftdienst. Was wünschen Sie?

BARRY Geben Sie mir bitte die Rufnummer von Gus Griffin. Die Adresse kenne ich leider nicht.

Das Mädchen blickt ihn verblüfft an.

MÄDCHEN *zögernd* Gus Griffin? Die Adresse kennen Sie nicht?

BARRY *leicht irritiert* Ja, Gus Griffin. Sehen Sie doch bitte nach.

MÄDCHEN Einen Moment bitte.

Das Mädchen verschwindet vom Bildschirm. Ein abstraktes Muster erscheint, quer hindurch läuft ein Schriftzug BITTE WARTEN – BITTE WARTEN...

Barry lehnt sich an die Wand, sein Blick fällt durch die Glaswand der Kabine. In unmittelbarer Umgebung ist es menschenleer, nebenan ein Park, Palmen, Rhododendron, auf der anderen Seite ein Sportplatz, Tribünen, Peitschenleuchten, die hoch darüber hinweg ragen. Vom Trubel der Stadt nur Reflexe der Lichtreklame.

Barry wird unruhig, er wendet sich dem Mikrophon zu.

BARRY Hallo, Fräulein – ich warte noch. Haben Sie die Nummer?

Wieder erscheint der Kopf des Mädchens auf dem Bildschirm. Es sieht beunruhigt aus.

MÄDCHEN Einen Moment noch. Gedulden Sie sich bitte...

Barry schüttelt den Kopf. Eben will er eine bissige Bemerkung machen, da horcht er auf –

in der Ferne eine Polizeisirene, die rasch lauter wird.

Mit schleifenden Rädern kommt ein Streifenwagen um die Ecke, bremst jäh vor der Videophonzelle. Zwei Polizisten springen heraus, die Pistolen im Anschlag. Ehe es sich Barry versieht, wird er herausgezerrt und steht mit erhobenen Händen an der Wand.

ERSTER POLIZIST Dreh dich um, Junge.

ZWEITER POLIZIST Na, mach schon. Du wirst schon wissen, wie's geht!

Der erste Polizist tastet ihn nach Waffen ab.

ERSTER POLIZIST Scheint sauber zu sein.

ZWEITER POLIZIST Kannst dich umdrehen, Junge.

BARRY *protestierend* Was soll das! Was wollen Sie von

mir?

ERSTER POLIZIST Sachte, sachte. Du bist auf frischer Tat ertappt.

BARRY ...auf frischer Tat? Brüder, da hat euch jemand auf den Arm genommen.

ERSTER POLIZIST Ho, ho! Du nimmst den Mund ganz schön voll! Was hast du denn hier zu tun?

BARRY Ich wollte mir eine Nummer geben lassen.

ERSTER POLIZIST Wessen Nummer, wenn man fragen darf?

BARRY Es geht Sie zwar nichts an, aber ich kann es Ihnen sagen: von Gus Griffin, meinem Bruder.

Die beiden Polizisten blicken einander erstaunt an.

ERSTER POLIZIST *gedehnt* So so, von Gus Griffin, deinem Bruder.

ZWEITER POLIZIST Gib mir mal deinen Ausweis, Junge!

Als Barry in seine Brusttasche greifen will, drängt ihn der Polizist an die Wand und holt Barrys Brieftasche selbst heraus. Er schlägt sie auf, sieht sich den Ausweis an.

ZWEITER POLIZIST Hier steht: Bartholomäus Griffinger.

BARRY Das ist der richtige Name: Griffinger. Gus hat sich eine Verkürzung zugelegt.

ERSTER POLIZIST Jetzt will ich dir mal was sagen, Junge: Wir brauchen keine Spinner in der Stadt. Und schon gar keine, die sich mit den Männern der Schutztruppe anlegen.

Inzwischen hat der zweite Polizist in der Brieftasche gekramt und zieht nun ein Bündel Hundert-Dollar-Scheine heraus.

ZWEITER POLIZIST Sieh mal, Hank!

Der erste Polizist stutzt, zuckt die Achseln.

ERSTER POLIZIST *leise* Dann ist er vielleicht doch keiner von denen... *lauter* Ich fürchte, wir haben uns geirrt, Mister. Da haben Sie Ihre Brieftasche zurück. Viel Vergnügen in der Stadt! Doch ich würde mit meinen

Scherzen vorsichtiger sein!

Sie geben ihm Ausweis und Geld zurück, legen die Hände lässig an die Mützen, steigen in ihren Wagen ein und fahren lautlos davon.

Barry sieht ihnen nach, blickt dann kurz zu den Videophonzellen... dann zuckt er die Schultern, steigt in seinen Wagen und startet.

Straßenzüge, an Laserstrahlen entlanggezogen, Hunderte, Tausende, kreuz und quer, Fassaden in rechten Winkeln angeordnet, Kunststoffmauern, rosa, blaßgrün und gelb. Ein Haus wie das andere, eine Straße wie die andere, eine Stadt wie die andere, nach denselben Bauplänen errichtet, denselben Vorschriften gehorchend, durchnumeriert von Nord nach Süd, von West nach Ost, und doch verwirrend wie ein Dschungel in einer Gleichförmigkeit, die keine Höhepunkte kennt, stete Wiederholung, eins gegen das andere vertauschbar, ersetzbar.

Nirgends ein Baum, nirgends ein Strauch. Nur die stengelartig aufragenden Masten der Kryptonlampen, die gedrungenen Stämme der Hydranten, die Leichtmetallstangen mit Verkehrszeichen und Verbotsschildern, und über allem ein dürres Gestrüpp aus Streben und Draht, die Antennen der Funkdienste, des Radios, des Videos und des Alarmsystems.

Die Matrix der Gebäude, das Netzgitter der Straßen – Koordinatensystem für die Bewohner. Die Gehsteige zu eng, Gedränge trotz des Einwegverkehrs – immer links an den Wänden entlang und links herum auch um die Quadrate der Straßenkreuzungen. Dreimal am Tag aber nahm die Menschenflut erschreckende Ausmaße an – kurz vor acht, in der Mittagszeit und nach vier. Da drängten sie sich aus den Toren, strömten über die Treppen zu den Stationen der Hochbahn, wurden von den Löchern verschluckt, die die Zugänge zum unterirdischen Verkehrsnetz bildeten, von den Laufbändern in unbestimmte Tiefen gerissen. In diesen Stunden fuhren die Autos Stoßstange an Stoßstange – niemand beachtete das Schrillen des Echolotsystems: Mindestabstand unterschritten. Es war, als triebe eine Flüssigkeit in den Straßenschluchten dahin, und wie das dumpfe Brausen von Wasserwellen hörte es sich auch an, wenn man ein wenig Abstand hatte, beispielsweise auf den Kuppeln der Hochbahnstationen, in jenen wenigen Sekunden zwischen den bremsenden und wieder davoneilenden Zügen. Dann begann das Leichtmetallgerüst, das die Stadt in riesigen Bogen überspannte, zu vibrieren und übertönte mit einem angsterregenden schrillen Singen den Geräuschuntergrund vom Boden.

Ganz anders in den Nachtstunden – hier gab es nur wenige Menschen, die – trotz der polizeilichen Warnung – von einer Straße in die andere hetzten, Trinker, verspätet aus ihrem Rausch erwacht, Spieler aus obskuren Lokalen, Jugendliche, auf der Rückkehr von Drogenparties. Völlig menschenleer war es nur zwischen vier und fünf Uhr früh: Das war die Stunde, in der der Wetterdienst für Regen sorgte. Manchmal konnte man das Düsengeräusch der Flugzeuge hören, die in einer dichten Reihe hoch über den Dächern entlangstrichen und die Smogwolke animpften, die wie die riesige Kappe eines Pilzes über der Stadt lag. Und dann stürzten die schmutzig-grauen Fluten abwärts, prasselten auf die Dächer und Straßen, rissen Schmutz und Unrat mit sich, um schließlich gurgelnd in den Gullys zu verschwinden. Für kurze Zeit blieb ein schmutzig-feuchter Schimmer zurück, von dem dünner Dampf aufstieg... Das war die Stunde der Morgenfrische – es gab alte Leute, die darauf warteten, bis der Regen vorbei war, die dann ihre Häuser verließen, eine Runde um den Block machten und tief atmeten. Denn mit der Tagesbeleuchtung, die um sechs Uhr eingeschaltet wurde, kamen die Trockenheit, die Hitze und der Staub.

Auch Barry hatte die Morgenstunde kennengelernt, sein Großvater, schon an die achtzig Jahre alt, hatte ihn und Gus gelegentlich geweckt und die beiden Jungen auf seinem Spaziergang mitgenommen. Barry gefiel es eigentlich ganz gut – die feuchtigkeitsgeschwängerte Luft, der Tropfenfall von den Dächern, die Wasserlachen am Rande der Gehsteige –, doch bald weigerte sich Gus, wenn ihn der Großvater holen wollte, und da Barry meist dem Vorbild seines Bruders folgte, blieb auch er lieber eine Stunde länger im Bett liegen.

Der dumpfe, ein wenig modrig anmutende Geruch der feuchten Luft war eine von Barrys frühesten Erinnerungen – viel deutlicher als alle Bilder, die sich ihm nur verblaßt und in den Dimensionen verzerrt erhalten hatten. Das Gesicht seiner

Mutter, nur noch ein heller Fleck, die gebückte Gestalt seines Großvaters, weiße Haarbüschel, wie Fransen unter seinem Hut hervorhängend... Die Wohnung, abgegriffene Wände, die Betten, der Eisschrank, der Fernsehapparat. Daran erinnerte er sich noch am besten: das geknickte Oval der Bildscheibe, die ewig wechselnden bunten Szenen, die seltsamen Sprünge nahe/fern. Lange Nachmittage, er und Gus auf einem Haufen Kissen, der Bruder hatte die Fernwähltaste in der Hand und bestimmte, was gesehen wurde. Kämpfende Männer, dahinjagende Autos, Reiter, Indianer, Astronauten, Yachten auf blauer See, Raumschiffe zwischen Sternenmustern, Soldaten, Verbrecher, aufflammendes Mündungsfeuer, Faustschläge, Tote... Stundenlang konnte Gus so dasitzen, seine Augen auf den Bildschirm gerichtet, seine Finger auf der Tastatur, er konnte sich nicht sattsehen an den Geschehnissen, er wollte Bewegung, er blieb nur auf einem Kanal, solange sich etwas zutrug, solange Männer dahinrasten, kämpften, stürzten... Wechselte die Szenerie, begann ein Gespräch, eine Liebesszene, dann zögerte Gus keine Sekunde und tastete sich durch sämtliche Wellenbereiche, bis er wieder ein Abenteuer eingefangen hatte, das aufregende Leben, das es irgendwo außerhalb gab, außerhalb ihres Raumes, außerhalb ihrer Zeit, aber das doch existierte – in der Phantasie der Autoren, auf den Millionen Bildschirmen, in den Köpfen der Zuschauer.

Barry war noch passiver als Gus. Er nahm alles auf, was sich ihm bot, ohne es zu verstehen. Interessierte sich schon Gus nicht für die Zusammenhänge, so sah Barry immer nur den Augenblick – die Sicht durch die Heckscheibe, die Autos der Verfolger, die verzerrten Gesichter, die geballten Fäuste, die Finger am Abzug. Für ihn war es ein Kaleidoskop, ein bunter, vom Zufall diktierter Ablauf, ein Wechsel des Mosaiks aus immer denselben Elementen, harten Männern, schönen Frauen, Motorrädern, Rennbooten, Flugzeugen. Erst später bemerkte er die Kulisse, den Luxus üppig eingerichteter Wohnungen, Palmen am Strand, Traumstätten mit bunten Lichtern, die Kraterberge fremder Planeten, den Sternenraum. So saßen sie, bis am

Abend die Eltern nach Hause kamen und sie von ihrem Platz verdrängten, um ihre eigenen Programme zu sehen.

Damit war die Klammer, die sie zu Hause gehalten hatte, gelöst, Gus stahl sich aus der Wohnung und kam erst spät heim. Oft sah er dann schmutzig aus, verschwitzt, manchmal hatte er blaue Flecke und Kratzwunden, doch auf seinem Gesicht lag ein Ausdruck von Triumph, und er pfiff leise, zwischen den Zähnen, vor sich her. Die Stunden, die Barry allein mit den Eltern und dem Großvater zu Hause bleiben mußte, waren eine Qual für ihn. Er hätte nicht zu sagen vermocht, was ihn so unruhig und unzufrieden machte – er strich in der Wohnung umher, ging zum Eisschrank, um einen Schluck Citro-Orange aus der Flasche zu trinken, blätterte in den Magazinen, die Gus in der Schule eingetauscht hatte – Comics und Fotogeschichten, Fantomas, Doktor No, Superman, Barbarella, Kung Fu – drückte sich einige Zeit hinter seinen Eltern herum, um einen Blick auf die Fernsehbilder zu erhaschen, bevor sie ihn verscheuchten: »Verschwinde hier, das ist nichts für dich.« Wenn er müde wurde, ging er zu Bett, doch meist konnte er nicht einschlafen, bevor Gus zurück war, er wartete, lauschte in die Wohnung hinein, hörte von fern die Geräusche aus den Lautsprechern der Videoanlage, schleifende Schritte, Klirren von Gläsern, bis es still wurde und der Lichtschein, der durch die Tür gefallen war, erlosch. Wie langsam doch die Zeit verging! Manchmal wurde Barry wieder hellwach, sein Herz klopfte, er konnte nicht ruhigbleiben und drehte sich immer wieder im Bett herum. Bis er das Quietschen der Tür hörte, leise Geräusche im Vorraum, ein kaum hörbares, zischendes Pfeifen: Gus war zurückgekommen – was mochte er erlebt haben, draußen, in der großen Welt. Was machte ihn vergnügt? Was machte ihn versöhnlich? Er, der sonst oft mürrisch war und ihn herumkommandierte, steckte ihm eine Zuckerstange zu oder eines jener großen, kugelförmigen Gummibonbons, deren Geschmack er noch als letzten Eindruck spürte, ehe er von seiner Spannung befreit einschlief.

Die Kinderkrippe ihres Viertels gehörte zu den modernsten Anlagen – sie befand sich im unterirdischen Teil der Stadt und enthielt außer den Spielräumen auch einen Sportplatz und einen künstlichen Garten. Obwohl die Aufseher streng waren, fühlte sich Barry hier zunächst sehr wohl. Er fand wenig Kontakt zu den anderen Kindern, doch war er auch nicht allein – solange auch Gus noch hier war. Zwar gehörte dieser einem höheren Jahrgang an, und so konnte er ihn meist nur von der Ferne sehen, und doch festigte sich hier ihre Abhängigkeit. Wenn Barry, der damals klein und schwach für sein Alter war, von anderen Kindern gehänselt oder geschubst wurde, dann konnte es vorkommen, daß Gus plötzlich da war. Nur zwei- oder dreimal hatte er die anderen verprügelt – und zwar so gründlich, daß sie blutend davonliefen –, meist genügte sein Auftauchen: Die anderen wichen zurück, bildeten einen Kreis, hielten einen Respektsabstand ein, und einmal hatte dann Gus die Hand auf Barrys Schulter gelegt und gesagt: »Schließlich bist du mein Bruder.«

Schlimm wurde es erst, als Gus mit sechs Jahren in die Schule kam. Dann glaubte Barry manchmal, es nicht mehr aushalten zu können. Das Stehen in den langen Reihen, vor den Sportgeräten oder vor dem Eingang zum künstlichen Garten, die vielen Stunden, wo sie Farben auf Papier klecksen mußten, ohne ein Wort zu sprechen, die isometrischen Übungen nach Befehlen aus dem Tonband, das Singen und Rezitieren von Gedichten – er sehnte sich nach den Nachmittagen, wenn er wieder neben Gus vor dem Fernsehschirm sitzen durfte. In diesen zwei Jahren wartete er sehnlichst darauf, auch selbst die Schule zu besuchen. Er stellte sich vor, dann wieder mit Gus beisammen zu sein, so wie in der Kinderkrippe. Doch diese Hoffnung hatte ihn getrogen. Die Schule war ein Fließbandsystem, eine Zellenstruktur aus winzigen Lernkabinen, in denen sie zwischen elektronische Anlagen eingepfercht saßen. Ein lichtschwacher Bildschirm, eine knarrende Tonbandstimme, ein Mikrophon, in das man die Antworten sprechen mußte, die automatische Schreibmaschine, die die gestellten Aufgaben auf Endlosformular schrieb und die Antworten selbsttätig einspeicherte. »Antwort unkorrekt – zweiter Versuch...« Irgendwo lief alles zusammen, wurde registriert, bewertet, verglichen, irgendwie standen sie alle miteinander in Verbindung, arbeiteten miteinander oder gegeneinander – das blieb offen – und doch war jeder für sich isoliert, auf sich allein gestellt – gerade dann, wenn man einmal einen Rat gebraucht hätte. Daran änderte auch die Gruppenarbeit nichts, denn dabei kam es darauf an, besser als die anderen zu sein, die Resultate schneller zu wissen, eine höhere Trefferquote zu erzielen. Von Gus bekam Barry dabei nichts zu sehen.

Und wieder die enttäuschende Langeweile, das Gefühl, einer zäh dahinfließenden Zeit, der Eindruck vergeblichen Bemühens, der Nutzlosigkeit, des Mißvergnügens in Permanenz. Zuerst hatte er sich auf den Unterricht gefreut, sich auf irgendeine nicht näher ausdrückbare Weise vorgestellt, die Welt um ihn herum würde verständlicher und dadurch erträglicher werden. Doch dann beschäftigten sie sich nur mit Dingen, die außerhalb ihrer Welt lagen, die nicht wirklich waren. Geschehnisse in unvorstellbar alten Zeiten, Abläufe irgendwo im Innern der Erde oder draußen im Kosmos, Ereignisse der Mikrowelt, Kristalle, chemische Verbindungen, Gene und Zellen, Zusammenhänge zwischen Zahlen, Bedeutungen von Symbolen, ebenso künstlich wie die Dinge, die sie bezeichneten. Worte, die niemand benutzte, Sprachen, die niemand sprach, Gedanken, die niemand dachte... Barry fügte sich den Anordnungen, die nicht zu umgehen waren, er las die Texte von den Bildschirmen, deutete die Symbole, die dort erschienen und wieder verschwanden, tippte seine Antworten ein und fiel nicht auf, weder im Guten noch im Bösen. Aber es gab andere, die es plötzlich überkam, und dann zerschlugen sie die Bildscheiben, traten in die Tasten, rissen das Papier aus den Rollen, versuchten die elektronisch verschlossenen Türen aufzubrechen. Barry konnte dies gut verstehen, er gestand sich ein, daß er es auch am liebsten getan hätte, aber zu feig dazu war. Doch Gus, dem er das andeutete, schüttelte verächtlich den Kopf. »Die sind unbeherrscht, die denken nicht«, sagte er. »Klar, daß man sie erwischt. Und recht geschieht ihnen!« Viel später mußte Barry einmal daran denken: Es war der Entscheidungstag des Sechstagerennens gewesen, und Gus wollte unbedingt dabei sein. Damals hatte er sich eine Stinkbombe gebastelt und damit eine ganze Etage der Schule lahmgelegt. Er hatte den ganzen Tag auf der Rennbahn sein können. Er war nicht erwischt worden.

Barry wußte nicht, was ihn so unzufrieden machte. In ihm war eine Unruhe, eine Sehnsucht nach etwas Unbestimmtem, von dem er nur wußte, daß es irgendwo existieren mußte. Die Schule änderte nichts an seiner Situation. Sie trat nur an Stelle der Kinderkrippe; nach wie vor verbrachte er seine Nachmittage bei den Fernsehsendungen, die ihn immer mehr zu langweilen begannen. Immer größer aber wurde auch seine Unrast während der Stunden, in denen sein Bruder irgendwo in der Stadt herumstreifte und – wie sich Barry vorstellte – unsagbare Abenteuer erlebte. Einmal hatte er Gus gefragt, ob er mitkommen dürfe, doch der Achtjährige hatte ihn leicht in die Rippen geboxt und gesagt: »Du bist noch zu klein.« Von dem Tag an hatte sich Barry nicht mehr zu fragen getraut – er blickte Gus nur traurig nach, wenn sich dieser, von den Eltern unbeachtet, aus der Wohnung stahl. Und dann, scheinbar ohne äußeren Anlaß, kam plötzlich der Tag, an dem ihm Gus einen Wink gab: »Komm mit!«

Von diesem Glück war Barry wie betäubt. Er lief einige Schritte hinter Gus her, der sich eilig zwischen den Menschen hindurchdrängte. Über eine Rolltreppe ließen sie sich auf eine der unterirdischen Fußgängeretagen bringen, die Barry nur flüchtig kannte. Gelegentlich war er an Samstagnachmittagen von seinen Eltern zu einer Einkaufstour mitgenommen worden. Es war eine Gegend, die sich grundlegend von der Oberfläche unterschied, ein Bereich, in dem es keine Fahrzeuge gab, dafür aber umsomehr Raum für Menschen, die sich ohne Verkehrsvorschriften bewegen durften. An der Anlage der Geschäfte war ihr Ursprung noch zu erkennen – sie waren in der Nähe der U-Bahnstationen entstanden, dort, wo nahezu alle Einwohner des Viertels zweimal am Tag hinkamen – vor der Fahrt zur Arbeit und danach. Hier gab es einen Überfluß an Licht, es gab Schaufenster, mit teuren Waren gefüllt, blinkende Glasscheiben und Spiegel, Musik aus Dutzenden Lautsprechern in einem akustischen Wettkampf um den Käufer, Blumen, in Plastikbehältern auf dem Boden ausgelegt, Schmuck auf kleinen Tischchen, Ständer mit Postkarten und Taschenbüchern, ein Stimmengewirr, das alles wie eine weiche Woge umfaßte, und einen Strom fast spürbar dicker Luft, der von den Gitteröffnungen der Klimaanlage gespeist wurde. Obwohl Barry Mühe hatte, seinen Bruder im Auge zu behalten, warf er doch immer wieder einen Seitenblick auf die Pracht links und rechts: Zeitungshändler, Musikanten und Sänger, Polizisten und Bettler, eine Würstchenbude, Menschen, auf hochbeinigen Stühlen vor ihren hot dogs, Eiscremebechern, Coca-Cola-Flaschen. Zugänge zu Kaufhäusern, Nonstopkinos, Bars mit roten Vorhängen, Nonnen und geschminkte Mädchen.

Allmählich kamen sie aus dem Gedränge heraus. Nur noch einzelne grelle Lampen, hinter Gittern geschützt, beleuchteten die Szene, die Waren in den Läden waren billiger und nicht mehr so fein verpackt, ein Zigarettenladen, ein Billigantiquariat, Männer in schmutziger Arbeitskleidung, die Hände in den Taschen an den Wänden lehnend, Betrunkene schlafend in Nischen. Hier gab es keine Rolltreppen mehr, man mußte über Betonstufen laufen. Enge Gangpassagen, dazwischen sternförmige Verzweigungen, Plakatflächen, das Papier heruntergerissen, Papier und Holzwolle über den Boden gestreut. Nun schritt Gus noch schneller aus, und Barry schloß zu ihm auf, lief neben ihm her, und blickte ihn hin und wieder von der Seite an: Gus sah geradeaus, er zögerte keine Sekunde, man merkte ihm an, daß er sich hier zu Hause fühlte. Es war nicht vorstellbar, daß er sich irgendwo nicht zu Hause fühlte.

Von vorn dumpfe Geräusche, gelegentlich ein heiserer Schrei... Sie bogen um eine Ecke, hinter der sich der Gang ein wenig erweiterte. Hier waren zwei Dutzend Jungen versammelt, die meisten etwas älter als Gus, Zuschauer eines Spiels, das sie mit anfeuernden Zurufen begleiteten. Es handelte sich um eine Art Tennis – zwei Parteien, die aus je fünf Teilnehmern bestanden, schmetterten mit schweren Kunststoffschlägern einen Ball hin und her, wobei sie die Wände als Prallflächen benutzten.

Gus und Barry stellten sich zu den anderen und sahen zu. Es war ein wildes Spiel, in dem es gleicherweise auf Geschicklichkeit und rohe Kraft ankam. Wenn Barry die Regeln auch nicht verstand, so erkannte er doch, daß es nicht zuletzt darum ging, die Gegner mit dem Ball zu treffen und zur Aufgabe zu zwingen.

Am lautstarken Beifall der Anhänger des siegreichen Teams merkte Barry, daß ein Match zu Ende war. Ein Junge trat an Gus heran und deutete auf Barry: »Ist er das?«

Gus nickte.

Der Junge musterte Barry von oben bis unten. »Okay, er darf mitmachen.«

Gus wandte sich an Barry: »Hast du gehört, du darfst mitmachen!« Er gab ihm einen freundschaftlichen Boxhieb in die Seite. »Siehst du diese schwarze Linie am Boden? Hier ist das Spielfeld zu Ende. Wenn der Ball darüber hinwegfällt, hebst du ihn auf und wirfst ihn mir zu! Hast du verstanden! Mir, und keinem anderen!«

Barry konnte vor Aufregung kaum sprechen. »In Ordnung«, flüsterte er.

Nun trat Gus mit einigen anderen aufs Spielfeld; sie übernahmen die Schläger der erfolgreichen Mannschaft. Auf der anderen Seite bereitete sich eine andere Gruppe auf das neue Match vor.

Der erste Ballwechsel begann, und schon mußte Barry eingreifen. Wie er feststellte, war er nicht der einzige, der dem Ball nachlief. Er erhielt einen Stoß, griff daneben, und so war es ein anderer, der den Ball erwischte und ins Spielfeld zurückwarf – natürlich nicht zu Gus. Offenbar hatte jeder der Mitspieler für einen Balljungen gesorgt, der ihm Zubringerdienste leistete. Wer schließlich den Ball bekam, durfte ihn abschlagen und befand sich dabei in einer weniger gefährdeten Situation als die anderen vier, die sich vorn an der Front, nahe am Gegner, aufstellen mußten. Oft genug bekamen sie blitzschnell gekonterte

Bälle ab, und dabei gab es die meisten Ausfälle.

Als Barry das begriffen hatte, setzte er all seinen Ehrgeiz ein, um Gus zu unterstützen. Ohne Rücksicht auf sich selbst stürzte er sich ins Getümmel, und was ihm an Kraft fehlte, ersetzte er durch Geschicklichkeit. Er war nicht schlechter als die anderen, vielleicht sogar etwas besser. Und als ihm Gus einmal während einer kurzen Spielunterbrechung zunickte, fühlte er, wie ihm der Stolz bis zur Kehle hinaufstieg.

Von da an durfte Barry immer mitkommen, wenn Gus zu den Spielen ging. Und jedesmal war es ein Abenteuer. Schon der Weg durch die Ladenstraßen, die prächtigen Dinge hinter den Schaufensterscheiben, elegant gekleidete Männer und Frauen, die gelegentlich wie exotische Erscheinungen auftauchten... Auch die Spiele selbst waren spannend, jetzt da er die Regeln immer besser begriff. Er war voll dabei, während des Spiels sah er nichts anderes als die raschen Bewegungen der Teilnehmer, die durch die Luft gezogenen Bahnen der Bälle, die Spielfeldumrandung, die anderen Balljungen, die ihm den Erfolg streitig machen wollten. Er verfolgte jeden Spielzug, versuchte den Weg des Balls vorauszuberechnen, um als erster da zu sein, wenn sein Eingreifen nötig war. Die Geräusche des Spiels waren Musik in seinen Ohren, das Sausen der durch die Luft flitzenden Schläger, die dumpfen Geräusche des auffallenden Balls, das Schleifen der Sohlen auf dem Boden... Die schönsten Erlebnisse für ihn waren die Augenblicke, in denen er den Ball in der Hand hielt – zugleich Symbol seines Erfolgs! Es war angenehm, die glatte Oberfläche an der Haut zu spüren, Hartgummi, der eine Stahlkugel umschloß. Einige Male war er von diesem Ball getroffen worden – es waren harte Schläge, die zunächst ein wenig betäubten und dann, etwas verzögert, heftigen Schmerz entfachten. Sekunden danach wuchs eine Schwellung wie ein Hügel aus der Haut.

Von Zeit zu Zeit gab es kleinere Störungen. Am harmlosesten waren noch zufällig in die Nähe kommende Fußgänger, Ortsunkundige, die nichts davon wußten, daß dieser Teil des Gangsystems von den Jugendlichen okkupiert war. Doch sie wurden rasch eines Besseren belehrt – durch Schimpfworte und Rempeleien. Für einige Minuten wurde dann das Spiel unterbrochen, und alle stürzten sich wie eine Meute auf die Fremden.

Manchmal kam auch eine Gruppe von Halbwüchsigen hinzu, etwas ältere Jungen, die sich einen Spaß daraus machten, die Kleinen von ihrem Platz zu vertreiben. Sie nahmen ihnen die Schläger ab, zerschlugen die Lampen und verteilten Fußtritte und Hiebe. Es dauerte dann immer einige Tage, bis der öffentliche Reparaturdienst den Schaden wieder behoben hatte.

Eines Tages erschien ein Aufgebot an Polizei – vielleicht hatten sich Passanten beschwert, oder dem Ordnungsdienst waren die häufigen Beschädigungen in diesem Winkel aufgefallen.

Es geschah gerade in dem Augenblick, als ein Spieler der gegnerischen Partei einen Ball weit in den Gang hineingeschlagen hatte – willkommene Gelegenheit für den schnellen Barry, seinen Konkurrenten zuvorzukommen. Er überhörte den schrillen Warnungsschrei, merkte nicht, daß ihm diesmal kein Rudel von anderen Balljungen auf den Fersen war, und sah sich plötzlich mit einer Wirklichkeit konfrontiert, die zunächst einmal außerhalb seines Begreifens lag: Ein Cop hielt ihn am Kragen fest, ein anderer bückte sich nach dem Ball und präsentierte ihn den anderen wie ein Beutestück. Barry und der Ball waren alles, was der Polizei in die Hände gefallen war – die anderen waren auseinandergestoben wie Konfetti in einem Wirbelwind, waren in Nebengängen verschwunden, in den Öffnungen des Entlüftungssystems, in den Depots des Reinigungsdienstes, in Verbindungsschächten zur Kanalisation...

Barry verbrachte einige Stunden auf dem Revier, er sollte die Namen der anderen Jungen nennen – offenbar ging es noch um andere Dinge, von denen Barry nichts wußte. Mehrere Lampen waren auf ihn gerichtet, er schwitzte und litt Durst. Trotzdem sagte er nichts. Später holten ihn die Eltern ab, und einige Wochen hindurch durfte er das Haus am Abend nicht mehr verlassen – die Zeit der Spiele war beendet.

Barry hat den Stadtkern erreicht. Er fährt langsam, sieht sich nach allen Seiten um. Wenige Autos auf den Straßen, doch umso mehr Menschen, die sich vor den Bars und Vergnügungsstätten drängen.

Fetzen von Musik, blechern klingende Anpreisungen aus Megaphonen – ein ohrenbetäubender Lärm.

Ebenso aufdringlich die Fassaden – mit bunten Reklamebildern überladen, Neonbeleuchtung, blinkende Lampenreihen. Ein paar Häuserblöcke weiter... Hier ist es etwas ruhiger. Barry findet ein Hotel und stellt den Wagen in der Tiefgarage ab.

Geruch nach Schmieröl.

Er steigt in den Lift, fährt ins Erdgeschoß und meldet sich bei der Rezeption.

BARRY Noch ein Zimmer frei?

Der Mann in grauer Livree mustert ihn abschätzend. Dann tritt er an das Schlüsselbrett und holt einen Bund herunter.

ANGESTELLTER Aber sicher, Mister.

Er schiebt ihm den Block zu.

ANGESTELLTER Tragen Sie sich hier ein?

Barry tut es, dann greift er nach den Schlüsseln. Er zögert kurz.

BARRY Schon von Gus Griffin gehört?

ANGESTELLTER Na, hören Sie! Wer kennt ihn nicht?

BARRY Hohes Tier in der Stadt, wie?

ANGESTELLTER Kann man wohl sagen.

BARRY Ich würde ihn gern einmal sehen.

ANGESTELLTER Sie wollen ihn sehen? Na dann holen Sie sich doch ein paar Bänder aus der Videothek. Alle seine Reden sind aufgezeichnet. Der erste Aufruf zur Besiedelung des Sirius... Klasse! Aber das kennen Sie doch sicher!

BARRY Ich werde mir das Band ausleihen. Wo ist die Videothek?

ANGESTELLTER Im Souterrain.

BARRY Ich geh gleich hin. Lassen Sie die Tasche in mein Zimmer bringen!

ANGESTELLTER Wird erledigt.

Videothek Abend

Barry in der Videothek – einige Bildschirmgeräte, ein paar Sitze davor, dazwischen Schallschutzwände.

Barry ist allein. Er legt das Band ein, drückt auf den Startknopf.

Ein paar knackende Geräusche, dann Fanfarenklänge, ein Motiv, das dann von einer Big Band aufgenommen wird.

Auf dem Bildschirm erscheint das große verschlungene ST, und darunter für die, die es noch nicht wissen, der Schriftzug SIRIUS TRANSIT. Dann ein Blick auf den Sternenhimmel, darüber das Emblem – nun bildfüllend.

Einander überblendende Aufnahmen von Sternkonstellationen, dann eine Fahrt in die Tiefe des Raums… Ein heller Punkt schwillt zu einer Kugel an, zu einem grünen, rotierenden Ball…

Ein Mann in Raumfahrerdress kommt ins Bild, die Ähnlichkeit mit Barry unverkennbar, doch er ist älter, größer, sicherer: Gus Griffin.

GUS Sie haben es schon erraten… Ja, das ist er, unser neuer Planet im Siriusdistrikt. Tausende Planeten haben unsere Raumfahrer entdeckt, aber dieser ist die Sensation: Er ist ein Abbild unserer Erde.

Ein Landeanflug – eisbedeckte Berge, Schluchten mit sonndurchwirkten Wasserfällen, Pflanzenwuchs fast bis zur Schneegrenze hinauf… Das Gebirge taucht zurück, eine weite Ebene, Wiesen, Buschwerk, lichte Wälder…

GUS Atembare Luft, trinkbares Wasser, jagdbares Wild in Hülle und Fülle… Ein Paradies! Und dieser neu erschlossene Raum soll nun für die Besiedelung freigegeben werden. Wir haben eine Firma gegründet, die die Erschließung organisiert und den Transport übernimmt. Leute, laßt euch diese Gelegenheit nicht entgehen. Es ist ein Abenteuer für die Menschheit, ein Geschenk des Schicksals. Ihr braucht nur zu kommen und zuzugreifen! Helft mit bei der Erschließung, und ihr könnt euch euren Besitz selbst aussuchen! Kommt, Leute und macht mit! Meldet euch bei der Sirius Transit!

Die Bilder zeigen eine liebliche Landschaft – Waldwiesen, ein blumenübersätes Seeufer...

Das Bild erlischt, noch einmal erscheinen die symbolhaften Buchstaben ST.

Die Musik endet mit der Fanfare. Ein seltsames Gemisch von Stolz und Ergriffenheit.

Nach ein paar Sekunden steht Barry auf, verläßt den Videoraum. Draußen, an der Bandausgabe, ein Mädchen.

Anflug eines Parfums: Lavendel.

BARRY Haben Sie einen Stadtplan hier? Und ein Adreßbuch?

NELLY Alles da, Mister. Sogar umsonst!

Sie schiebt ihm beides zu, dann wirft sie einen Blick auf eine Zähluhr.

NELLY 310 Sekunden Vorführzeit – das macht 6 Dollar 20.

Barry zählt ihr das Geld hin, dann blättert er im Adreßbuch, sucht auf der Karte. Schließlich faltet er sie zusammen.

BARRY Ich leih sie mir mal aus!

Das Mädchen setzt zu einem Protest an, zuckt aber dann die Schulter.

Barry sitzt wieder in seinem Wagen, der Stadtplan ausgebreitet auf dem Nebensitz. Er hat ein stilles Viertel erreicht, fährt langsamer, versucht sich zu orientieren...

Er parkt den Wagen, steckt die Karte ein, geht zu Fuß weiter. Vor ihm ein parkartiges Gelände; er stutzt, als er ein Schild bemerkt: PRIVATGELÄNDE, BETRETEN VERBOTEN!

Barry geht weiter. Er folgt einem breiten Weg – ein Muster von getönten Kacheln, durch eine Reihe von Lampen hell beleuchtet. Vorn eine Art Pförtnerhaus, nach links und rechts erstreckt sich ein hoher Maschenzaun, darüber Stacheldraht.

Als Barry an die Pforte tritt, öffnet sich ein Schalterfenster, dahinter taucht der Kopf eines Werkschutzbeamten auf. Plötzlich stehen zwei weitere Schutzmänner hinter ihm – sie tragen dieselbe Uniform wie die Stadtpolizei.

ERSTER SCHUTZMANN Was wünschen Sie?

BARRY Ich bin Gus Griffins Bruder. Er wohnt doch hier? Ich will ihn besuchen.

Der Beamte sieht ihn verächtlich an.

SCHUTZMANN Da ist dir wohl nichts Besseres eingefallen! *Zu den beiden anderen* Die Typen versuchen es doch immer wieder. *Wieder zu Barry* Schau, daß du hier verschwindest, sonst lasse ich dich wegen Hausfriedensbruch einlochen. Hast du das Schild nicht gesehen?

BARRY Hören Sie, ich will meinen Bruder sprechen! Wenn er erfährt, daß Sie mich hier abgewiesen haben...

Der Mann hinter dem Verschlag gibt den beiden anderen ein Zeichen. Sie packen Barry und versetzen ihm einige Stöße.

Schmerzende Stiche in den Rippen.

Barry geht zur Straße zurück und wendet sich nach links. Er blickt sich um – die Schutzmänner sind verschwunden. Er geht etwa 500 Meter die Straße entlang am Rande des Geländes, dann springt er über ein Blumenbeet und nähert sich zwischen Büschen und Baumgruppen wieder dem verbotenen Gelände.

Nach einigen Metern erreicht er den Zaun. Schon will er darauf zugehen, da bemerkt er Isolationsmuffen, die das Drahtgitter gegen den unteren Teil der Stützen absichern. Er zögert.

Plötzlich Hundegebell.

Er fährt herum – da stehen die beiden Schutzmänner mit vier Hunden an der Leine.

ERSTER SCHUZTMANN Dachte ich mir's doch. Aber nun geht's dir schlecht!

Er gibt die Hunde frei.

ERSTER SCHUTZMANN Vorwärts! Faßt ihn!

Plötzlich einsetzendes heftiges Herzklopfen.

Barry zögert nicht – er läuft davon, so schnell er kann, die Hunde hinter ihm her. Sie sind schneller als er, doch er kann ihnen entkommen – wenn auch mit einigen Bißwunden in den Beinen und einer zerrissenen Hose.

Brennende Haut an den Waden.

Er flüchtet in seinen Wagen, gibt Gas und spurtet davon.

Im Hotel — Nacht

Barry Griffin hat den Wagen in der Hotelgarage abgestellt. Er holt den Zimmerschlüssel und fährt mit dem Lift hinauf, ins zwölfte Stockwerk. Als er sein Zimmer sucht, fällt ihm der hektische Betrieb auf, der hier herrscht – er kommt an kleinen Läden vorbei, an einer Caféteria, an einem Tanzsalon; das Hotel scheint nahtlos in ein Vergnügungsetablissement überzugehen. Er begegnet zahlreichen Leuten, die erstaunt zurücktreten, als sie sein abgerissenes Äußere bemerken.

Stimmengewirr, Fetzen von Musik.

Endlich hat er sein Zimmer gefunden, doch kaum läßt er sich in einen Sessel sinken, geht die Tür auf – ein Junge und ein Mädchen vom Etagendienst treten ein – Asiaten, vielleicht Koreaner.

BARRY Hoppla – was wollt ihr?

BEDIENSTETER Wir stehen zu Ihren Diensten.

BARRY Aber ich brauche nichts...

Das Mädchen versucht ihn ins Badezimmer zu ziehen, und als sich Barry wehrt, verdreht sie ihm mit einem Polizeigriff den Arm und stößt ihn auf eine Bank.

Heftiger, doch rasch nachlassender Schmerz in den Schultermuskeln.

BARRY Na, hören Sie, was soll das...

BEDIENSTETER Das gehört zum Service des Hotels, Mister.

Barry wird mit sanfter Gewalt entkleidet und unter die Dusche gesteckt.

Geruch von Seife, Hitze auf der Haut.

Dann erhält er eine Massage, das Mädchen bringt ihm saubere Wäsche – und Barry muß zugeben, daß er sich angenehm erfrischt fühlt. Er kleidet sich an.

Gefühl der Sauberkeit; Unternehmungslust.

BEDIENSTETER 2 Dollar 50 – alles in allem. Schönen Abend noch!

Barry drückt ihm das Geld in die Hand, die beiden verlassen den Raum. Jetzt erst hat er Gelegenheit sich umzusehen: ein hübsches Zimmer, mit Blick auf das Vergnügungsviertel der Stadt, Musikbox, Projektionswand und Videophon. Die Musik ist laut eingestellt, auf der Projektionsfläche laufen poppig verfremdete Ballettszenen ab. Barry sucht nach den Abstellknöpfen, doch diese scheinen nicht zu funktionieren. Er steckt die Brieftasche und einige andere Kleinigkeiten zu sich und verläßt den Raum.

Es sind nur einige wenige Schritte von seinem Zimmer, und schon befindet er sich inmitten einer dahinwirbelnden Menschenmenge, die nichts anderes im Sinn hat als ihr Vergnügen. Er lehnt an einer Wand, sieht den Leuten an den Spielautomaten zu, als ein Mädchen auf ihn zutritt. Es ist eine stark geschminkte Blondine, die nun Barry's Arm erfaßt und sich an ihn drängt.

MÄDCHEN Na, was fangen wir mit diesem Abend an?

Aufdringliches Parfum.

Er versucht zurückzuweichen, doch sie läßt sich nicht so leicht abweisen.

MÄDCHEN Bist du so schüchtern oder weißt du nicht, wie man sich einer Dame gegenüber benimmt!

Einige der Umherstehenden sind auf die Szene aufmerksam geworden und treten näher. Da löst sich ein anderes Mädchen aus der Menge.

Lavendelduft.

NELLY Laß ihn in Ruh, Sissi. Hau ab!

Die Blonde wirft ihre Mähne zurück, macht eine wegwerfende Bewegung und geht. Barry muß zweimal hinsehen, ehe er erkennt, wer ihn da aus einer unangenehmen Lage gerettet hat: Es ist das Mädchen aus der Videothek, das allerdings jetzt ganz anders aussieht: das dunkle Haar schulterlang frisiert, dezentes Make up, langes Kleid.

BARRY Oh, Sie sind's.

MÄDCHEN Ja – ich wollte mir den Stadtplan zurückholen.

BARRY *etwas verlegen* Oh – ich fürchte, ich hab ihn verloren.

NELLY Schlimm für Sie! Das kostet eine Entschädigung.

BARRY Und was wäre das?

NELLY Sie müssen mich zum Essen einladen – einverstanden?

BARRY Einverstanden.

Barry sieht sich nach einem Restaurant um, das Mädchen errät, was er sucht und deutet in eine Richtung:

NELLY Dort drüben! Kommen Sie...

BARRY Ich heiße Barry.

NELLY Ich heiße Nelly.

Sie bahnen sich einen Weg durch die Menge.

Barry und Nelly sitzen an der Theke eines Automatenrestaurants. Das Steak sieht einladend aus, und auch der Salat ist frisch. Barry erinnert sich daran, daß er seit Stunden nichts gegessen hat.

BARRY Na, dann guten Appetit!

NELLY Guten Appetit!

Sie beginnen zu essen.

Angenehmer Geschmack von gegrilltem Fleisch und Gewürzen.

NELLY Was sucht ein Mann wie du in Santa Monica?

BARRY Ein Mann wie ich?

NELLY Du siehst nicht wie ein Abenteurer aus. Und auch nicht wie ein Spieler. Suchst du hier einen Job?

BARRY Hier gibt es doch Jobs – oder nicht? Hast du noch nichts vom Sirius gehört?

NELLY *gedehnt* Vom Sirius? Du willst zum Sirius?

BARRY Warum nicht?

NELLY Zum Sirius... da wollen viele hin. Wer hat da schon eine Chance?

Barry schiebt ein großes Stück Steak in den Mund. Er lächelt.

Fetter Geschmack an Zunge und Gaumen.

BARRY Ich glaube, ich habe eine Chance. Schon von Gus Griffin gehört?

NELLY Was für eine Frage!

Barry legt sein Besteck hin.

BARRY Er ist mein Bruder.

Auch Nelly hört zu essen auf.

NELLY Was du nicht sagst!

BARRY Glaubst du mir nicht?

Nelly wendet sich wieder dem Essen zu. Zwischendurch spricht sie.

NELLY Hör mal, Barry, mit dieser Geschichte brauchst du mir nicht zu kommen. Wenn du mir imponieren willst, dann mußt du dir etwas anderes ausdenken.

BARRY Warum glaubst du mir nicht?

NELLY Wir alle kennen die Geschichte von Gus Griffin. Er ist ein Findelkind. Er hat keine Familie. Er war ganz allein auf der Welt, und er hat sich vom Schuhputzer und Tellerwäscher bis zum Leiter der Sirius Transit hochgearbeitet. Was Santa Monica heute ist, das haben wir ihm zu verdanken. Auf Gus läßt niemand etwas kommen. Erzähl nur niemand anderem diese Geschichte, sonst kriegst du noch Ärger.

Barry greift nach seinem Ausweis, dann zögert er.

BARRY Ich kann es aber beweisen – ich bin wirklich sein Bruder.

NELLY Ach, laß es doch, Barry. Du bist ein netter Junge, und du wirst dir ein paar hübsche Tage in der Stadt machen. Und dann dampfst du wieder ab und vergißt sie.

BARRY *verärgert* Im Grunde genommen kann es mir doch gleichgültig sein, ob du mir glaubst oder nicht. Aber warum, zum Teufel, sollte ich keine Chance haben, zum Sirius zu kommen?

Nelly schiebt ihre Teller zurück und nippt an ihrem Drink.

NELLY Ach du liebe Güte! Was glaubst du, wie viele ihr letztes Geld zusammenkratzen, um nach Santa Monica zu kommen? Die meinen alle, man wartet nur auf sie.

BARRY *wirft ein* Aber man braucht doch Menschen... Der Sirius – das ist unerschlossenes Land...

NELLY Weißt du, wieviel sich täglich hier melden? Sie kommen aus aller Herren Länder. Die Herren der Sirius Transit können sich aussuchen, wen sie nehmen wollen.

Sie blickt ihn kritisch an.

NELLY Warum sollten sie gerade dich nehmen?

BARRY Selbst wenn mir Gus nicht hilft – ich habe den Pilotenschein. Erster Klasse. Ich war fünf Jahre im Linienflug. Meine Zeugnisse sind ausgezeichnet. Das überlegt man sich gut, ehe man einen solchen Job aufgibt. Sag mir lieber, was ich tun muß, um mich eintragen zu lassen.

NELLY Melde dich beim Personalbüro. Dann wirst du schon sehen.

BARRY Ich tu es, verlaß dich drauf.

Nelly steht auf, glättet ihr Kleid.

NELLY Ich schlage vor, wir sprechen heute nicht mehr darüber. Einverstanden?

BARRY O. K.

Sie haucht ihm einen Kuß auf die Wange.

Die sanfte Berührung fühlt sich angenehm an.

Spielsalon — Nacht

Nelly führt Barry in einen Spielclub. Zuerst versuchen sie ihr Glück an den Automaten, nachher beteiligen sie sich an einem elektronischen Roulette. Barry verliert, doch es kümmert ihn nicht.

Tanzlokal — Nacht

Sie nehmen einige Drinks und gehen dann in einen Tanzsalon.

Hetzende Tonreihen aus afrikanischen Instrumenten, ein akzentuierter Rhythmus, zum Tanzen einladend.

Barry hält sich an die Abmachung: Er spricht nicht mehr von seinem Bruder, von seinen Plänen. Das Spiel der Lichter, die Bewegung um ihn herum, die Musik, und weitere Drinks… alles das wirkt betäubend, berauschend.

Herber Geschmack des Getränks.

Die Musik wird langsamer, ruhiger – fast romantisch.

Barry zieht Nelly eng an sich, und er fühlt sich wohl dabei.

Lavendelduft.

Barry nimmt Nelly in sein Zimmer mit. Noch immer ist die Fernsehanlage in Betrieb, tönt Musik aus der Stereobox.

BARRY Wo kann man das verdammte Ding abdrehen?

NELLY So einfach geht das nicht – du mußt einen Dollar reinwerfen.

Sie zeigt auf eine Reihe von Einwurföffnungen neben dem Schalter.

BARRY Die nehmen einen ganz schön aus!

Er steckt eine Dollarmünze in den Schlitz, und das Fernsehen erlischt.

NELLY Hier auch noch, Barry!

BARRY Wozu?

NELLY Damit wir ungestört sind.

BARRY Nicht zu glauben!

Widerstrebend folgt er Nellys Rat.

NELLY Ist es dir das nicht wert?

Sie tritt auf ihn zu, legt die Arme um ihn, küßt ihn. Dann tritt sie zurück, sieht ihn forschend an.

NELLY Oder hast du kein Geld mehr? Laß sehen!

Sie nimmt Barrys Geldbörse, die er auf den Nachttisch gelegt hat, öffnet sie... Ihre Gesichtszüge, die sich ein wenig verdüstert haben, werden wieder fröhlich.

NELLY Ich weiß nicht, was du willst, es reicht doch noch für ein paar Tage.

BARRY Ist ja gut, Schatz.

Er setzt sich aufs Bett, streckt Nelly die Hände entgegen. Sie setzt sich auf seine Knie, sie küssen sich. Barry tastet nach dem Lichtschalter, er findet ihn, drückt darauf – das Hauptlicht erlischt, nur die indirekte Wandbeleuchtung bleibt hell.

BARRY Wenigstens braucht man hier keinen Dollar.

NELLY Was meinst du, Liebling?

BARRY Nichts, Nelly, nichts...

Starker Duft von Lavendel.

Als Barry am nächsten Morgen erwacht, hat er Mühe, sich zurechtzufinden. Benommen blickt er sich um. Er ist allein, das Bett ist zerwühlt, die Nachtbeleuchtung brennt, doch durch die Ritzen der Jalousie fällt ein Zebramuster von Sonnenlicht auf die Bettdecke.

Dumpfer Druck im Kopf.

Ächzend richtet sich Barry auf. Auf dem Nachttisch liegt seine Brieftasche, daneben ein Zettel. Er angelt sich ihn heran, liest: Quittung für erwiesene Dienstleistung (inclusive fünf Überstunden) 120 Dollar. Barry knüllt den Zettel zusammen, wirft ihn achtlos beiseite. Er gähnt, legt sich noch einmal im Bett zurecht.

Ein Klopfen an der Tür.

Die Tür öffnet sich, die beiden Hotelangestellten vom Vortag treten ein.

BEDIENSTETER Es ist acht Uhr morgens, Mister. Zeit für ein heißes Bad!

Das Mädchen tritt ans Fenster, beginnt die Jalousie hochzuziehen.

BARRY Hören Sie, ich brauch' noch eine Prise Schlaf.

Der junge Mann in weißem Overall zuckt die Schultern.

BEDIENSTETER Tut mir leid, Mister. Sie müssen...

BARRY Eine Stunde Schlaf. Was kostet das?

BEDIENSTETER Fünf Dollar, Mister.

Barry holt ein Fünf-Dollar-Stück aus der Börse, wirft es dem Mann hin. Dieser nickt dem Mädchen zu, und dieses läßt die Jalousie wieder hinunter.

BEDIENSTETER Angenehme Ruhe, Mister.

Sie verlassen den Raum. Barry starrt ihnen kopfschüttelnd nach, dann zieht er sich die Decke über die Ohren.

Zwei Stunden später. Barry betritt das Gebäude der Sirius Transit. Eine Weile irrt er umher – es ist ein Labyrinth von einzelnen Gebäuden, da und dort durch Brücken verbunden, Gänge, Hallen, kleine Höfe mit Springbrunnen. Endlich erreicht er einen Trakt, der weniger vornehm aussieht, und als er um eine Ecke biegt, sieht er eine lange Menschenschlange in einem Korridor stehen. Er geht daran vorbei, liest die Aufschrift an der Tür: PERSONALBÜRO. Er dreht sich um, wirft einen zweifelnden Blick auf die Reihe der Wartenden, blickt dann auf die Uhr. Kurz entschlossen versucht er die Tür zu öffnen, doch sofort erheben sich Proteste jener, die vorn in der Schlange stehen.

ERSTER MANN Sachte, mein Junge – hinten anstellen und nicht vorn!

ZWEITER MANN Bist wohl was Besseres, he!

Barry betrachtet die Leute nun genauer. Sie machen samt und sonders einen abgerissenen Eindruck, ihre Kleider sind abgetragen, einige scheinen krank zu sein oder verkrüppelt, die meisten jung, zwischen zwanzig und dreißig, auch einige Frauen darunter.

Ausdünstung verschwitzter Wäsche.

Barry geht die Reihe entlang, stellt sich hinten an. Er wendet sich an einen hageren jungen Mann mit blasser Gesichtsfarbe und schütterem Haar, dem letzten der Reihe vor ihm.

BARRY Wie lange kann das dauern?

JUNGER MANN Heute kommen wir nicht mehr dran, vielleicht morgen. Die Schweine lassen uns warten, bis wir schwarz werden.

BARRY Heute nicht mehr?

Der junge Mann mustert Barry ungeniert.

JUNGER MANN Haben sie dich entlassen?

Er faßt Barrys Jackenärmel an, reibt den Stoff zwischen den Fingern.

JUNGER MANN Dafür kriegst du unter Brüdern 50 Dollar! Das reicht für einen ausgedehnten Trip. Soll ich dir den Laden zeigen?

Angewidert tritt Barry einen Schritt zurück.

BARRY Morgen erst! Wenn ich was nicht leiden kann, dann ist es anstellen und warten.

JUNGER MANN Hab' dich hier noch nie bemerkt. Siehst auch nicht so aus, als ob du die paar Kröten nötig hättest.

BARRY Was meinst du damit? Ist das nicht das Personalbüro? Ich möchte einen Job.

JUNGER MANN *lachend* Ach was, du willst einen Job. Und was glaubst du, was wir wollen?

BARRY Na – was denn?

JUNGER MANN Das sind doch alle nur verdammte Heuchler, genauso wie du und ich. Die wissen doch genauso gut, daß es keinen Job mehr gibt, wenn man mal entlassen ist. Die geben uns zehn Dollar, um uns für eine Woche loszuwerden. Das nennt sich soziale Hilfe. Schau dir doch das Gesindel an, das hier herumlungert. Da ist doch nichts mehr zu holen.

BARRY Und das Niemandsland am Sirius? Warst du schon mal dort? Erzähl: Ist es wirklich so schön dort droben?

JUNGER MANN *in Gedanken versunken* Der Sirius, Mann! Der Sirius ist weit, weißt du, wie weit? Und wir sind hier…

Barry hat ihm eine Weile zugehört, dann geht er wortlos davon. Noch einmal sieht er sich die Menschen an, die da Schlange stehen. In ihm erwacht ein Verdacht, daß hier etwas nicht stimmt – das sind keine hoffnungsfrohen jungen Menschen, die neues Land erschließen wollen.

Diesmal läßt er sich an der Tür zum Personalbüro nicht aufhalten – er drückt die Klinke hinunter und tritt ein. Hinter ihm erhebt sich Protestgeschrei.

MENSCHENMENGE Schaut euch den an! He, Junge, wir sind zuerst dran! Na, wenn ich dich erwisch'!

Im Büro stehen einige Schreibtische, an jedem sitzt ein Beamter und ihm gegenüber, auf einfachen hölzernen Stühlen, die Bewerber.

Einer der Beamten, durch die Unruhe gestört, sieht auf, blickt Barry abschätzend an, steht auf und geht ihm entgegen.

BEAMTER Was kann ich für Sie tun, Mister?

BARRY Ich will mich um einen Job am Sirius bewerben. Ich bin Pilot. Ich nehme an, man kann mich brauchen.

BEAMTER Aber sicher, junge Piloten sind uns willkommen, sind Sie schon eingetragen?

BARRY Wo eingetragen?

BEAMTER Macht nichts. Ich gebe Ihnen einen Schein. Sie gehen in Zimmer 617 in der nächsten Etage.

BARRY *unsicher* Da wäre noch etwas. Vielleicht können Sie mir helfen. Ich bin Gus Griffins Bruder…

Er zieht seine Brieftasche, zieht den Ausweis heraus.

BARRY …ich würde ihn gern sprechen. Kann ich ihn hier irgendwo erreichen?

Der Beamte sieht ihn ein wenig erstaunt an.

BEAMTER Aber Mister, so was haben Sie doch nicht nötig! Da draußen stehen mindestens fünf, die sich für Freunde oder Verwandte von Gus ausgeben.

Er tritt an die Tür, öffnet sie.

BEAMTER Hallo, Steve, du bist doch ein enger Freund von Gus – oder nicht?

Ein etwa dreißigjähriger gebeugter Mann tritt vor, dunkles Haar mit weißen Strähnen, faltiges Gesicht.

MANN Aber sicher! Hier bin ich. Wie geht's dem alten Gus? Will er mich sprechen?

Er verzieht das Gesicht zu einem Grinsen – Barry ist sich nicht im klaren darüber, ob das spaßig gemeint ist oder ernst.

BEAMTER Schau, hier ist der Bruder von Gus, willst du ihn nicht begrüßen?

Lautes Gelächter bei den Wartenden.

Der Mann läuft vor, stellt sich vor Barry, schlägt ihm auf die Schulter, schüttelt seine Hand.

MANN Hallo, Sunny Boy! Wie mich das freut, dich wiederzusehen. *Zu den andern gewandt* Ich glaube, der kennt mich nicht mehr!

Dröhnendes Gelächter bei den andern.

MANN Kümmert sich der gute Gus nicht um dich? Freut er sich nicht, daß du da bist? Tröste dich, für mich hat er auch nichts übrig. Da sind wir zwei, die er vergessen hat. Und deshalb pump mir ein paar Dollars, schließlich bist du der kleine Bruder vom großen Boß!

Der Beamte folgt dem Wortwechsel mit sichtlichem Vergnügen, und auch die wartende Menge ist dankbar für das gebotene Schauspiel. Als aber Steve die Gelegenheit benutzen will, um sich vorne in die Reihe zu drängen, wird er grob zurückgestoßen.

BEAMTER Schluß jetzt! *Und an Barry gewandt* Machen Sie's gut, Mister.

Er blickt Barry kurz nach und wirft dann die Tür zu.

Zimmer 617 — Vormittag

Barry sucht die nächste Etage auf, findet das Zimmer 617, klopft und tritt ein.

Ein rundlicher älterer Mann sitzt an einem Schreibtisch und steht auf, um Barry zu begrüßen. Dieser reicht ihm den Laufzettel, der Mann liest ihn und bittet Barry, sich zu setzen.

BEAMTER *murmelnd* Sie sind Pilot... Sie wollen zum Sirius...

Barry greift in die Brusttasche und holt einige zusammengefaltete Papiere heraus.

BEAMTER Schön, sehr schön... Ich werde Sie gleich registrieren lassen.

Der Beamte setzt sich vor ein elektronisches Sichtgerät und tippt einige Daten ein.

BEAMTER Darf ich Ihren Ausweis sehen?

Barry reicht ihm den Ausweis.

Auf dem Bildschirm erscheinen kurz hintereinander die Bilder von jungen Männern.

BEAMTER *murmelnd* Nur eine kleine Formsache, gewiß kein Mißtrauen – Sie werden verstehen...

BARRY Aber gewiß doch.

Der Beamte drückt einen Knopf, der Bildschirm wird dunkel.

BEAMTER Sie sehen – alles in Ordnung. Alles läuft nach Wunsch.

BARRY Haben Sie einen Job für mich? Wann kann ich anfangen?

Der Mann steht auf, er strahlt vor Freundlichkeit. Er legt Barry die Hände auf die Schultern.

BEAMTER Sie müssen noch ein wenig Geduld haben. Wir haben viele Bewerber, die meisten leider untauglich. Aber mit Ihren Zeugnissen! Sie werden die Prüfungen mühelos bestehen.

BARRY Prüfungen? Und wann? Wann finden diese Prüfungen statt?

BEAMTER Wie gesagt, wir haben viele Bewerber. Doch ich habe Sie auf Warteliste gesetzt. Vielleicht haben Sie Glück und kommen bald dran!

Der Beamte bückt sich zum Schreibtisch hinunter, kritzelt einige Worte auf den Laufzettel.

BEAMTER Hier! Fragen Sie doch morgen wieder nach! Und kommen Sie direkt zu mir. Ich tue alles, um Ihnen zu helfen! Viel Glück!

Barry schüttelt die Hand, die ihm der Mann entgegenstreckt und verläßt den Raum.

Barry ist noch nicht weit gekommen, da kommt ein Junge auf ihn zu; er trägt eine Jacke mit eingesticktem ST.

JUNGE Bitte hier herein, Sir.

Barry blickt ihn erstaunt an. Der Junge führt ihn an eine Tür, öffnet sie.

JUNGE Hier, bitte!

Barry tritt in den Türrahmen, bleibt stehen und blickt umher.

Es ist ein großer, vornehm eingerichteter Raum – eine Fensterwand, Teppiche, ein riesiger Schreibtisch. Dahinter sitzt eine junge Frau, sehr hübsch, dunkles Haar, ovales Gesicht, südländischer Typ von makelloser Eleganz. Sie steht auf, reicht Barry die Hand.

Kühler Wind von einem Ventilator.

JUTTA Entschuldigen Sie, daß ich Sie aufhalte. Es ist nichts Offizielles. Ein reiner Zufall, daß ich von Ihnen hörte.

Sie blättert in einigen Papieren; Barry erkennt, daß es Xerographien der einzelnen Blätter seines Ausweises und der Zeugnisse sind. Jutta schiebt sie in den Aufnahmeschlitz einer Maschine, diese beginnt sich zu bewegen und schneidet die Blätter in kleine Schnitzel.

JUTTA Das geht niemand was an. Kommen Sie, man weiß nie, wer mithört.

Sie deutet auf ein Kontrollpult, daran angebrachte Mikrophone und die Kamera des Videophonnetzes.

JUTTA Darf ich Sie zu einem Kaffee einladen? Nur ein paar Schritte – wir fahren mit dem Lift zur Terrasse.

Terrassencafé Vormittag

Eine Cafébar im Dachgeschoß des Zentralgebäudes. Eine wundervolle Aussicht über Santa Monica, weit über die Stadtgrenzen hinaus, bis zum Startplatz der Raketen. In Abständen von halben Minuten gehen die Pulks hoch, und selbst gegen den weißblauen Himmel zeichnet sich das Feuer der Treibsätze blendend ab.

Jutta und Barry haben einen Platz in der Aussichtskanzel gefunden, der Kellner stellt ihnen Kaffeetassen hin, gießt ein. Jutta wartet, bis er sich entfernt hat.

JUTTA Sie sind Gus Griffins Bruder – es freut mich sehr, daß ich Sie gefunden habe. Warum haben Sie sich nicht angemeldet?

BARRY *unsicher* Ich wollte Gus überraschen. Ich bin hierher gekommen – es war ein spontaner Entschluß. Ich wollte ihn anrufen, ihn besuchen, doch ich konnte ihn nicht erreichen.

JUTTA Gus ist ein vielbeschäftigter Mann. Sie wissen doch, was er für diese Stadt bedeutet?

BARRY Gewiß.

JUTTA Sie hätten sich anmelden sollen. Sind Sie zum ersten Mal hier?

Barry nickt.

JUTTA Na ja, Sie wissen eben nicht, wie es hier zugeht. Gus ist nicht nur der Präsident der Sirius Transit, er ist auch ein Star. Es war seine Idee: Er wollte sich nicht hinter seinem Schreibtisch verschanzen, seine Entscheidungen im Hintergrund treffen... Er ist der Typ des modernen Managers, der in der Öffentlichkeit arbeitet. Das war von Anfang an so. Sie kennen doch seinen ersten großen Auftritt – damals, als er zur Erschließung des Sirius aufgerufen hat?

Wieder nickt Barry.

BARRY Warum kann ich nicht einfach Verbindung mit ihm aufnehmen? Überall hat man mich abgewiesen, mich sogar ausgelacht.

Jutta blickt ihn überlegen an.

JUTTA Ich sagte doch: Er ist ein Star. Die Leute versuchen mit allen Mitteln, an ihn heranzukommen. Sie haben alle möglichen Wünsche. Einige wollen nur ein Autogramm, ein Photo mit Widmung. Andere glauben, er würde ihnen Geld besorgen oder einen Job. Sie haben eben Vertrauen zu ihm – so hat er sich sein Image aufgebaut. Und er setzt sich ja auch wirklich stets für alle ein. Nur kann er sich nicht um jeden einzelnen kümmern. Wir müssen ihn abschirmen – gegen seinen Willen.

BARRY Ja, aber...

JUTTA Sie versuchen es mit allen Tricks. Sie sagen, daß sie ihn von früher kennen, daß sie mit ihm verwandt sind. Einige wollen ihm Geschenke machen und sie persönlich überreichen, andere geben vor, wichtige Mitteilungen für ihn zu haben. Sie sind alle Betrüger.

BARRY Aber mir glauben Sie doch? Oder nicht?

Jutta legt ihm die Hand auf den Arm.

JUTTA Aber ja doch! Selbstverständlich. Bei Ihnen ist das doch etwas völlig anderes.

Sie blickt ihn genau an.

JUTTA *nachdenklich, ein wenig persönlicher* Sie sehen ihm ähnlich. Ja – so muß Gus noch vor einigen Jahren ausgesehen haben. Sie sind jünger und weicher, aber die Ähnlichkeit ist nicht zu verkennen... Erstaunlich!

BARRY Wann kann ich Gus sehen? Er wird sich bestimmt freuen!

JUTTA Natürlich wird er sich freuen! Es ist nur leider... im Moment hat er kaum eine Viertelstunde frei.

Sie zeigt hinüber zum Raketenhafen.

JUTTA Sehen Sie nur, was für einen Betrieb wir derzeit haben! Es ist keine Kleinigkeit, einen Planeten zu erschließen. Sie können sich gar nicht vorstellen, was da alles bedacht sein will. Wir sind in einer entscheidenden Phase der Entwicklung, und Gus will nichts dem Zufall überlassen. Um alles kümmert er sich selbst, überall ist er dabei. Es sind wirklich besondere Umstände – schade für Sie, wahrscheinlich sind Sie jetzt enttäuscht.

BARRY Aber es muß doch eine Möglichkeit geben...

JUTTA Ich will Ihnen helfen. Wenn wir die Dienstordnung einhalten, sehen Sie Ihren Bruder nie. Doch ich glaube, ich kenne einen Weg.

Jutta blickt auf die Uhr, plötzlich scheint sie es eilig zu haben. Sie steht auf. Auch Barry steht auf.

JUTTA Ich schlage vor, wir treffen uns... Vielleicht heute abend? Wäre Ihnen das recht?

BARRY Und wo?

JUTTA In der Bar vom Sheraton. Einverstanden?

BARRY Ja, gern. Um acht?

JUTTA Lieber etwas später – um zehn?

BARRY Gut. Ich werde dort sein. Und ich danke Ihnen…

Jutta lächelt ihn an, reicht ihm die Hand.

JUTTA Nennen Sie mich Jutta. Auf Wiedersehen, Barry.

BARRY Auf Wiedersehen, Jutta.

New York, Boston, Chicago – eine einzige, zusammenhängende Stadt, die sich viele hundert Kilometer die Seenplatte überwuchernd bis zum Atlantik erstreckte. Nur noch die Stationsnamen der Untergrundbahn erinnerten an die früheren Bezeichnungen: New York City Hall, Chicago Airlines Terminal, Boston St. Patricks Club.

An wenigen Stellen hatten sich Reste alter Gebäude, Gärten und Parks erhalten; sie waren den Wissenschaftlern vorbehalten, niemand anderer durfte sie betreten. Kaum zu glauben, daß es irgendwo im Süden und im Westen unberührte Landschaft geben sollte, Berge, Urwälder, Wüsten, die der Mensch noch nicht besiedelt, bebaut und klimatisiert hatte. Und über diesen Landstrichen sollte ein blauer Himmel liegen, durchsichtig wie eine Kuppel aus blauem Glas, und kein Hochnebel aus Staub, Ruß und Öltröpfchen, der eine künstliche Beleuchtung auch tagsüber nötig machte.

Größere Lücken in diesem eintönigen Mosaik aus Beton und Kunststoff bildeten nur die Flughäfen, die alten für den kontinentalen Verkehr mit ihrem schiefwinkeligen Strichmuster der Pisten und die Raketenstartplätze für den Transkontinentalverkehr mit ihren verkohlten Landeflächen. Raketen starten senkrecht, und so war das eigentliche Startgelände für die Raketenklipper erstaunlich klein, und doch benötigten sie weitaus mehr Platz: Rundherum lag eine Schutzzone von zwei Kilometern, die geräumt werden mußte – damals, als man die neue Technik einführte. Es war eine Vorsichtsmaßnahme gegen Explosionen – in Europa hatte es einmal eine Katastrophe gegeben, bei der hunderttausend Menschen umgekommen waren. Dort war die Raumnot so groß, daß das Siedlungsgebiet unmittelbar neben den Häfen begann; hier, in Amerika, sorgte die Regierung für das Wohl der Bevölkerung. Die Bewohner hatten ihre Häuser verlassen müssen und andere Wohnplätze zugewiesen bekommen – die sich kaum von den alten unterschieden.

Ein solcher Raketenstartplatz befand sich nur wenige Kilometer von Gus' und Barrys Wohnung. Auch hier war das Betreten der ringförmigen Sicherheitszone verboten, aber es gab genügend Durchschlupfmöglichkeiten für jene, die Interesse daran hatten. Dazu gehörten Außenseiter der Gesellschaft, Asoziale, flüchtige Verbrecher, Staatenlose, Süchtige ohne Lizenz, politisch Verfolgte und Anarchisten. Möglicherweise waren auch einige Spione aus dem Osten dabei, denn – wenn man davon auch kaum etwas merkte – so dauerte der Krieg, der vor Jahrzehnten im nördlichen Asien begonnen hatte, auch heute noch an. Die Häuser waren dem Verfall preisgegeben, die Straßen von Trümmern übersät, an einigen Stellen nicht mehr passierbar. Über allem lag ein grausilbern blinkender Schimmer – Abscheidungen aus den Rückständen der verbrannten Raketentreibstoffe. Es war ein düsteres Labyrinth ohne Straßenbeleuchtung, ohne Versorgung mit Wasser und Strom. Zwar partizipierte es an den in tausend Meter Höhe schwebend stabilisierten nuklearen Beleuchtungskörpern, die das nur schwach durch die Wolkendecke dringende Sonnenlicht unterstützten, doch in den Nächten war es stockdunkel. Umso greller flatterte von Zeit zu Zeit der rotglühende Schein der Triebwerke über die Kulissen, um sie dann in um so undurchdringlicherer Schwärze zu hinterlassen.

Die Sicherheitszone übte eine magische Anziehungskraft auf die jugendlichen Banden aus, die sich überall in der riesigen Stadt zusammenfanden. Es bestand fast ein Zwang, sich irgendeiner Gruppe anzuschließen, die ihren Angehörigen auch einen gewissen Schutz oder, bei Überfällen durch konkurrierende Banden, zumindest Rache versprach.

Gus war damals dreizehn, er hatte sich den »Feuerreitern« angeschlossen und es, wie schon oft in ähnlichen Fällen, bald zu einer angesehenen Stellung innerhalb der Gemeinschaft gebracht. Und wieder war Barry ein wenig ins Hintertreffen geraten, mußte sich damit begnügen, die Aktivität des Älteren von fern zu verfolgen – wenn ihm dieser hin und wieder einmal von seinen Heldentaten berichtete. Er erzählte von den Mutproben, die jeder ablegen mußte, wenn er festes Mitglied der Bande werden wollte, beschrieb ihren Stützpunkt draußen in der verbotenen Zone – eine aufgelassene Fabrikhalle, die sie sich mit zusammengetragenen Möbeln aus den umliegenden Häusern wohnlich eingerichtet hatten –, sprach von den Streifzügen, die sie in verschiedene Teile der Stadt unternahmen. Obwohl sie manchmal in Kaufhäuser eindrangen und Beutestücke mitschleppten, so ging es dabei nur am Rande um Diebstahl oder Raub. Im Grunde genommen gab es auch nichts, was den Jungen fehlte – sie bekamen zu essen, jeder hatte ein Heim, jeder war ausreichend mit Kleidung versehen, jeder besuchte die obligatorische Einheitsschule, die dem Leistungsfähigen und Intelligenten reelle Chancen gab: Aufgrund der Intelligenztests, die immer wieder in das Unterrichtsprogramm eingeschoben waren, bestimmten die Computer den Fortgang der Ausbildung, und so ging jeder seinen ihm zukommenden Weg in das Stadium des Erwachsenen, zu einem Beruf, den er sich innerhalb des Rahmens seiner Qualifikation aussuchen konnte. Das einzige, das den Ausbruch aus der Enge eines bis ins Alter vorgeplanten Lebens ermöglichte, war Geld. Doch davon, in Form von Münzen und Scheinen, gab es nur geringe Mengen; der weitaus größte Teil bestand lediglich aus Zahlen und Daten, als magnetisierte Pünktchen in Speicherbändern, als etwas, was eigentlich nicht existierte und doch seine Funktion hatte, das man nie zu Gesicht bekam und doch gewinnen und verwenden konnte – um Träume wahrzumachen. Jeder wünschte sich Geld, und viele hätten alles getan, um reich zu werden, doch längst gab es keine Möglichkeiten mehr, es auf primitive Weise, indem man es einem anderen mit Gewalt wegnahm, zu erhalten. Wer heute auf illegalem Weg zu Geld kommen wollte, mußte das Einmaleins der Computerökonomie verstehen, er mußte einem raffinierten System etwas entgegensetzen, was mindestens ebenso raffiniert war, und diese Eingriffsmöglichkeit entzog sich dem simplen Verbrecher alter Tage, einem Relikt, das vielleicht noch hier und da ein kärgliches Leben fristete

– ein fragwürdiges Dasein, von vornherein zum Scheitern verurteilt. Der Fortschritt, der zu einer Entmaterialisierung der Werte geführt hatte, bedingte auch eine neue Art des Verbrechens, das sich damit in imaginäre, dem Volk nicht mehr verständliche Ebenen verlagerte. Die Angehörigen der jugendlichen Banden waren keine Verbrecher, und das war auch der Grund dafür, daß sie von der Polizei stillschweigend geduldet wurden – wenn auch unauffällig überwacht – Ausdruck einer individuellen Freiheit, die immer noch zu den Grundrechten gehörte.

Den jugendlichen Banden ging es um etwas ganz anderes, obwohl sie es damals sicher nicht gewußt hatten: um den Ausbruch aus einem reglementierten Dasein ohne Erwartung und Hoffnung, um Erlebnis und Abenteuer, um die Inbesitznahme eines Territoriums, in dem keine Gesetze galten, in dem man es sich beliebig einrichten konnte, das man bewachte und verteidigte und auf diese Weise immer wieder von Neuem erwarb. Es war ein kurzer Ausbruch in eine archaische Gesellschaftsordnung, in der man noch Verantwortung für das aufbrachte, was man besaß. In der noch das Recht des Stärkeren regierte, aufgebaut auf Macht, auf Schläue, auf Rücksichtslosigkeit, Unterdrückung und Unterordnung, Positionskampf und Intrige. Hier galten noch Dinge, die sonst nur noch in den Köpfen der Romanschriftsteller existierten, wie Freundschaft und Feindschaft, Kampf, Rache und Sieg. Es war erstaunlich, wie jene, die niemals damit in Berührung gekommen waren, plötzlich lernten, Autorität anzuerkennen und Autorität zu erwerben. Es war eine grausame Welt, doch letztlich trugen diese Jahre jugendlicher Anarchie dazu bei, die Organisation des etablierten Staates als beste aller Möglichkeiten anzuerkennen.

Von all dem hatte Barry keine Ahnung, wenn er den Erzählungen seines Bruders lauschte, er dachte nicht über Sinn, Zweck und Folgen nach, sondern nur über die unglaublichen Geschehnisse, die sich in den Berichten von Gus wie funkelnde Perlen auf einer Kette aneinanderreihten, die Aktionen, die im Einzelnen sinnlos waren, und doch eine weitreichende Bedeutung hatten – Mutproben, Selbstbestätigung, Anerkennung, Konfrontation mit dem Ungewissen, Risiko, Resultate symbolischen Charakters und doch ungewöhnlich, atemberaubend, einmalig, Produkte einer Phantasie, die sich Ventile schaffen muß, die unermüdlich ist im Aushecken seltsamer, abwegiger Dinge, Handlungen, die noch nie jemand vorher gewagt hat und niemand wiederholen kann – denn dann sind sie nichts Neues mehr, nichts Einmaliges, nichts Besonderes. Eine Kletterpartie durch das Gestänge der Hochbahn, die Entführung eines Feuerwehrwagens, ein Wettlauf durch einen U-Bahntunnel. Einmal schütteten sie violette Farbe in die Versorgungsleitung eines vollbesetzten Schwimmbads. Einmal warfen sie alle Fahrgäste aus einem Wagen der Hochbahn und feierten dort eine Party. Oft ging es lediglich darum, in verbotene Zonen einzudringen, in fremde Bereiche, in denen es Gefahren zu bestehen gab, Auseinandersetzungen mit Besitzern, Ordnungshütern, rivalisierenden Banden und so fort. Mehrere Tage lang führten sie in den Belüftungsschächten der unterirdischen Anlagen richtige Forschungsexpeditionen durch, im Röhrenwerk einer aufgelassenen U-Bahnstrecke, in den Abwasserkanälen.

Einen wichtigen Rang in den Unternehmungen nahmen die Kämpfe gegen andere Banden ein. Es gab solche, mit denen man befreundet war und andere, die als Erbfeinde angesehen wurden – eine Einschätzung, die sich aber öfter ändern konnte. Aus kleinen Rangeleien konnten rasch Bandenkriege werden, und wenn es einmal eine Zeit der Ruhe gab, dann konnte man sicher sein, daß bald wieder Provokationen vorkamen – da wurde ein Angehöriger der anderen Seite gefangengenommen, verprügelt, mit Farbe bestrichen, oder man drang in das Territorium der Gegner ein, zerstörte die Einrichtungen, holte sich Trophäen wie selbstgebastelte Waffen oder Fahnen, ordensgeschmückte Lederjacken oder silberbeschlagene Mopeds. Wer die Ehre nicht verlieren wollte, mußte eine Gegenaktion durchführen, und so schaukelte sich das Geschehen innerhalb weniger Tage bis zum offenen Kampf Mann gegen Mann auf. Ein solches Kräftemessen konnte Tage, aber auch Wochen dauern. Über der Ruinenlandschaft der Sicherheitszone lag dann eine ungemeine Spannung, die man fast körperlich spüren konnte. Niemand wußte, wo der andere losschlagen würde, man verschanzte sich im Hauptquartier, und nur einige besonders Mutige wurden als Späher ausgeschickt, um die Manöver der Gegenseite rechtzeitig auszukundschaften. Die Spannung stieg von Tag zu Tag, bis es schließlich zur Entladung kam. Meist setzte jene Gruppe, die sich stärker fühlte, zum Angriff an und marschierte in das Territorium der anderen ein. Und irgendwo, auf einem der staubigen Plätze, in einer der unratbedeckten Straßen begann die entscheidende Schlacht.

Das Verlangen, an diesen Abenteuern teilzuhaben, wurde in Barry so mächtig, daß er mehrmals versuchte, dem Bruder zu folgen, doch einige Male verlor er ihn aus den Augen und zweimal bemerkte Gus den Verfolger und schickte ihn ärgerlich nach Hause. Doch Barry gab nicht auf, er lief dem Größeren einfach nach, war nicht einmal mehr darum bemüht, sich zu verbergen, sondern tat so, als wäre es sein Recht, dabei zu sein. Schließlich zuckte Gus die Schultern und nahm ihn mit. Sie fuhren zwei Stationen mit der Untergrundbahn und kamen in die Nähe der verbotenen Zone. Durch eine Klapptür in einem menschenleeren Gang, die Gus mit einem Sperrhaken öffnete, kamen sie zu einer uralten eisernen Wendeltreppe, durch die sie zu einem träge dahinfließenden, übelriechenden Gewässer gelangten. Es war einer jener Bäche, die hundert Jahre früher an der Oberfläche dahingeronnen und im Laufe der Bebauung drainiert und unter die Erde verlegt worden waren. Während die Treppe noch mit den vorgeschriebenen chemischen Notlichtern beleuchtet gewesen war, befanden sie sich hier unten im Finstern, und Gus holte eine Taschenlampe aus seiner Jakkentasche, die einen diffusen, hellen Kegel in die dunstige Luft zeichnete. Auf einem schmalen Steg folgten sie etwa zehn Minuten lang dem Wasserlauf, bis zu einer Stelle, wo von oben Licht einfiel. Hier war das unterirdische Bett zum Teil eingestürzt, und sie konnten über Reste alter Mauern, Betonblöcke, Eisenpfeiler und das Gerüst einer Treppe hinweg an die

Oberfläche kommen. Wie Gus andeutete, befanden sie sich auf dem Terrain einer gegnerischen Gruppe, das sie – obwohl gerade Friede herrschte – möglichst rasch verlassen sollten. So liefen sie durch die Straßen, wobei es manchmal Barrieren aus niedergebrochenen Mauern zu überwinden gab, und zogen die Fahne einer Staubwolke hinter sich her. Schließlich erreichten sie die alte Fabrik, die den »Feuerreitern« als Quartier diente. Einige Mitglieder der Bande lümmelten auf Lehnstühlen und Sofas herum und kümmerten sich nicht weiter um Barry – offenbar genügte es, daß ihn Gus mitgebracht hatte. »Bilde dir nicht ein, daß du schon dazu gehörst«, sagte Gus. »Erst mußt du eine Probe bestehen. Zunächst hast du zu tun, was man dir sagt.« Außer Barry gab es einige weitere Anwärter auf die Mitgliedschaft, die meisten nicht viel älter als Barry. Von den angestammten Mitgliedern wurden sie als Bedienungspersonal ausgenutzt – sie mußten Botengänge verrichten, kühlgestellte Getränke herbeiholen, den Boden säubern oder einfach bereitstehen, für den Fall, daß man sie brauchte. Obwohl diese Tätigkeit alles andere als abenteuerlich war, fühlte sich Barry doch an der Schwelle großer Ereignisse, und er tat ohne zu murren, was man ihm befahl und muckte auch nicht auf, wenn die Größeren ihre Späße mit ihm und den andern trieben.

Eines Tages hörte man draußen auf der Straße Schritte und Gesang. Barry kannte das Lied nicht – es war die »Internationale« – doch einer der Großen sprang auf, ging zum Fenster und rief: »Einige Kommunisten-Typen! Ich glaube, die wollen uns herausfordern. Los, geht hinaus und verprügelt sie!«

Das war ein Befehl für die Anwärter, und so liefen sie voll Eifer hinaus und stürzten sich auf die Fremden – fünf oder sechs Jugendliche in schwarzer Lederkleidung, mit Schlagringen und Fahrradketten bewaffnet. Sie zeigten sich von den Angreifern wenig beeindruckt, und obwohl diese in der Überzahl waren, verdroschen sie sie nach Strich und Faden. Währenddessen standen die »Feuerreiter« an den Fenstern und sahen zu. Als die schwarzgekleideten Jungen schließlich abzogen, bot sich ihnen ein recht kläglicher Anblick – das Häuflein der Anwärter kehrte geschlagen, mit blauen Augen und blutenden Nasen, zurück. Es dauerte keine Viertelstunde, und wieder ertönte draußen Gesang, wieder wurden die Kleinen hinausgeschickt und wieder holten sie sich eine schmerzliche Abfuhr. Doch diesmal zogen die Fremden nicht ab, sondern folgten ihnen ins Quartier, wo sie von den »Feuerreitern« mit Begeisterung empfangen wurden. Es waren Mitglieder einer befreundeten Bande – es hatte sich um einen Spaß gehandelt, den man sich offenbar von Zeit zu Zeit leistete.

Im Großen und Ganzen aber war es eine schöne Zeit, wenn auch mit einigen Unannehmlichkeiten verbunden, die aber zu ertragen waren. Oft saßen sie Nachmittage hindurch nur beisammen und sprachen von ihren Erlebnissen, schmiedeten neue Pläne. Sie tranken Meska-Cola, das eine leicht berauschende Wirkung ausübte – vielleicht war das der Grund dafür, daß die Stimmung gegen Abend immer intensiver wurde; zumindest empfand es Barry so. Wenn am Abend die Nuklearlampen verlöschten, dann saßen sie bei Kerzenlicht beisammen, durch das Fenster hindurch flackerte der Feuerschein der startenden Raketen. Sie waren in Verbindung mit Teilen der Welt, die zumindest vorderhand unerreichbar schienen, doch Barry hatte das Gefühl, daß die verbotene Zone irgendwie dazugehörte, als eine Art Vorraum einer Außenwelt, in der sich die Ziele aller seiner Träume vereinigten.

Vergnügungsviertel — Nachmittag

Nachmittag. Barry hat nichts zu tun. Er hat Zeit, sich die Stadt anzusehen. Der Stadtkern ist nichts anderes als ein riesiger Vergnügungspark, ein Rummelplatz, ein Supermarkt. Die Fußgängerzone geht unmerklich in die Hallen von Kaufhäusern über, und es sind nicht nur Waren, die hier angeboten werden. Horrorfilme, Gruseltheater, Erotik und Exotik... Und alles spielt sich in der Öffentlichkeit ab, Mädchen, die in den Gängen flanieren, Wahrsagerinnen, die ihre Dienste anbieten, Schlepper von Bars und Spielsalons. Effektbeleuchtung wetteifert mit dem Tageslicht, das durch Lichtschächte auf Riffelglas fällt.

Werbedurchsagen aus den Megaphonen, Musik aus den Lautsprechern und das Geschrei der Menge mischen sich zu einer betäubenden Symphonie. Nur gelegentlich ebbt der Lärm etwas ab – mitunter kann man dann das Röhren startender Raketen ausnehmen.

Der Geruch von Menschen, Staub, Schweiß und Zigarettenrauch.

Hier könnte man sich tagelang aufhalten und immer wieder neue Formen der Unterhaltung kennenlernen. Ein handfestes Angebot, Spiele für Erwachsene – in dieser Stadt scheint es keine Kinder zu geben. Spiele für Männer – es sind männliche Eigenschaften, denen diese riesige Vergnügungsmaschine angepaßt ist: Mut, Erlebnisdrang, Aggression.

Barry gerät in einen riesigen Saal, halb abgedunkelt, Bildschirme, holographische Bühnen. Davor sind Schießstände aufgebaut, Waffen aller Art, den echten Modellen zum Verwechseln ähnlich. Und die Szenerie ist dem Sirius entnommen – so wie sich ein naives Gemüt den Sirius vorstellt: eine phantastische Landschaft, Dschungel, Oasen, bizarre Pflanzen, Rudel von Wild – Mischformen aus Gazellen, Rehen, Gnus. Dazwischen wildes, gefährliches Getier, krallenbewehrte Ungeheuer, schuppige Saurier, Rieseneidechsen, Schlangen ... – und das alles kann man mit Maschinengewehren, Lasergeschützen, Granatwerfern und anderen Vernichtungsinstrumenten jagen, erlegen, niedermähen ...

Barry, der den Eindruck eines wohlhabenden Touristen macht, wird immer wieder angesprochen.

MANN Ich hab' hier noch eine Karte für das exotische Theater, das müssen Sie sich ansehen – nur fünf Dollar.

MÄDCHEN Ein süßer Junge – und so allein! Komm, ich zeig dir was Schönes!

MANN Hast du Lust auf einen Horrortrip? Ich sag dir – ein einmaliges Erlebnis!

Barry schiebt die Leute, die ihn bedrängen, beiseite, reagiert nicht auf ihre Aufforderungen.

Stöße von Ellenbogen, schleifende Berührungen.

Er kommt in ein anderes System aus Gängen und Hallen. Hier fehlen die Verkaufsstände, hier ist es ruhiger, die Menschen, die man hier trifft, stehen untätig herum, lehnen an den Wänden, hocken auf Brüstungen und Geländern. Sie sehen anders aus als die fröhliche Menge im anderen Teil, ärmlicher, kränklich. Sie ähneln jenen Leuten, die Barry vor dem Personalbüro der Sirius Transit angetroffen hat. Auch hier stellen sich die Leute an – offenbar handelt es sich um Kinokassen, oder um solche von Theatern oder Schaubühnen.

Dumpfe, feuchte Luft, manchmal in Schwaden aus den Seitengängen wehend.

An den Wänden, in Schaukästen, sind Leuchtbilder montiert, die einen Eindruck des Gebotenen vermitteln sollen. Barry bleibt stehen, sieht sich die Fotos an.

Wieder der Bezug auf männliche Interessen, die Spekulation auf das Image des Abenteuers, des Risikos, der Gefahr, ihrer Überwindung und des Sieges. Es gibt Bilder von Männern in Raketenkanzeln, in Panzerfahrzeugen, in Schwebebooten... Es gibt Männer in phantastischen Landschaften, inmitten von kristallinen Wäldern, aber auch in Sandstürmen, auf wildbewegtem Wasser treibend, auf Berggipfeln unter gewitterverhangenem Himmel. Es gibt Männer im Kampf mit Schlangen und Rieseninsekten, mit grüngesichtigen Weltraumwesen, mit Robotern und mit anderen Männern. Es gibt Männer in wunderbaren Gärten, Männer am Strand, Männer am Spieltisch, Männer mit puppensüßen Mädchen. Eigentlich sind solche Bilder selten: Die Frau scheint in jener Welt, die hier vorgegaukelt wurde, keine besondere Rolle zu spielen. Die Motivation, um die es hier geht, ist jene männlicher Aktivität, männlichen Expansionsdrangs, männlichen Machtstrebens, männlicher Eroberungslust...

Neben Barry taucht ein Mann auf – hohe Stirn, das Haar nach Künstlerart frisiert. Er sieht nicht so abgerissen aus wie die andern. Mit dem Kinn deutet er auf eine Bildserie.

WES Sieht aus wie echt. Und manche glauben das sogar.

Barry will sich schon abwenden, doch die Frage interessiert ihn.

BARRY Ist es nicht echt?

WES Traumfabrik, Disneyland. Die Leute verstehen ihr Handwerk.

BARRY Und wie sieht es wirklich aus, am Sirius?

WES Das alles hier ist Utopie. Vielleicht wird sie einmal Wirklichkeit – in zehn oder zwanzig Jahren. Aber heute? Der Sirius ist noch unerschlossen. Das alles muß erst einmal organisiert werden.

Barry tritt an einen andern Schaukasten – auch dort ist eine Reihe abenteuerlicher Szenen wiedergegeben.

BARRY Und das hier?

WES Daß ich nicht lache! Das große Abenteuer. Kämpfe gegen fleischfressende Pflanzen, gegen Ungeheuer, gegen Ureinwohner – wie lächerlich! Der Planet Sirius ist eine friedliche Welt. Wenn Sie wollen: eine langweilige Welt. Es gibt keine wilden Tiere und keine Eingeborenen. Die Schwerkraft ist ein wenig geringer als hier auf der Erde – man fühlt sich wunderbar leicht. Die Temperatur ist angenehm, es gibt keine so großen klimatischen Unterschiede wie bei uns. 15 Grad im Winter, 24 im Sommer – eine Klimaanlage könnte es nicht besser machen. Blauer Himmel, sanftgewelltes Hügelland, Blumen am Bachrand. Grüne Wiesen, deutscher Wald. Es ist schön gewiß. Man geht drauf los und trifft keinen einzigen Menschen. Und auch sonst nichts. Wiesen, Buschwerk und Wald. Mann – nach 14 Tagen hängt Ihnen das alles zum Hals heraus.

BARRY Ich weiß nicht... Hört sich doch gut an! Auseinandersetzungen gibt es auf der Erde genug. Wer kämpfen will, kann sich doch freiwillig für den Einsatz im Osten melden. Der Kampf gegen die Roten dauert schon über 100 Jahre. Man spricht kaum noch davon.

Aber am Sirius? Was gibt es denn Schöneres als eine friedliche Welt.

WES Was Sie da sagen, hört sich vernünftig an. Es gibt nicht viele hier, die es so sehen. Sind Sie neu in der Stadt?

BARRY Ja.

Wes bemerkt das Pilotenabzeichen, das Barry an der Jacke trägt.

WES Sie sind Pilot? Auf Urlaub hier?

BARRY Nicht auf Urlaub. Ich war fünf Jahre im Liniendienst. Fünf Jahre – das ist mehr als genug. Habe viel vom Sirius gehört. Ein Job am Sirius – das könnte mich reizen.

Die beiden Männer gehen langsam weiter, an anderen Theatern vorbei, gelegentlich bleiben sie vor den Schaukästen stehen.

WES Sie sind Pilot. Ich glaube sogar, da haben Sie eine Chance. Ein Mann wie Sie... Die meisten, die sich für den Sirius melden – es sind grüne Jungen, Herumtreiber und solche, denen der Boden unter den Füßen zu heiß geworden ist. Doch wenn Sie Pilot sind...

BARRY *interessiert* Meinen Sie, ich hätte eine Chance?

WES Aber sicher. Piloten sind sogar gesucht. Das Flugzeug ist das einzige Mittel, um die weiten leeren Landstriche zu erschließen. Es gibt riesige Bereiche, die noch niemand gesehen hat, weiße Flecken auf der Landkarte. Ideale Bedingungen für einen Flieger! Das Wetter fast immer prächtig. Und jeder Start ein Vorstoß in unbekanntes Gelände, eine Entdeckerfahrt! Ein Pilot, nicht älter als 30 – wer möchte nicht mit Ihnen tauschen!

BARRY Sie sind gut informiert. Waren sie schon auf dem Sirius?

WES *nachdenklich* Auf dem Sirius? – Ja, gewiß. Ich war dort.

BARRY Und warum sind Sie zurückgekommen?

Inzwischen haben sie eine hallenartige Erweiterung des Korridors erreicht. Auch hier ist es düster, auch hier stehen Männer herum, untätig, wartend. In den Seitenwänden Nischen, geschlossene Türen, darüber Lampen, rot oder grün. An mehreren Stellen Aufschriften, zum Teil in Leuchtschrift: GLOBORAMA.

WES Hier beginnt die Globorama-Zone. Erlebnistheater. Schon davon gehört?

BARRY Gehört – ja. Doch ich habe noch keine Vorstellung gesehen. Bei uns gibt es das nicht.

WES *lacht kurz auf* Das glaub' ich gern. Eine phantastische Erfindung. Erst einige Jahre alt. Eine Besonderheit in Santa Monica. Die Lizenz liegt bei der Sirius Transit. Haben Sie nicht Lust auf einen Trip?

BARRY Einen Trip... Sie meinen Drogen?

WES Aber nein. Ich meine eine Globorama-Show. Eigentlich ist es keine Show, weil man selbst etwas erlebt. Darum sagen wir »Trip«. Doch es hat mit Drogen nichts zu tun. Es ist die perfekte Illusionsmaschine.

In Barrys Gesichtszügen ist wieder das Mißtrauen zu entdecken, das er den Einflüsterungen dieser Stadt entgegenbringt. Schon will er ablehnen. Da fällt sein Blick auf ein Bild...

BARRY Das ist doch Gus! Gus Griffin.

WES Ja, das ist er.

BARRY Ich bin sein... ich bin verwandt mit ihm. Mein Name ist Barry Griffinger. Gus hat den Namen abgekürzt.

Wes zeigt sich durch Barrys Mitteilung in keiner Weise beeindruckt. Er geht einfach darüber hinweg.

WES Mein Name ist Wes Shnider. Freut mich, Barry.

BARRY Was hat Gus mit dem Globorama zu tun?

WES *kichert belustigt* Gus Griffin ist ein Star. Er hat alles getan, um populär zu werden. Seiner Popularität verdankt er seine Erfolge. Es hat ihm nichts ausgemacht, in Filmen aufzutreten, oder in Shows. Heute findet er keine Zeit mehr dazu – schade.

Barry sieht sich die Bilder genauer an – es handelt sich vorwiegend um Flugszenen. Sein Interesse erwacht.

BARRY Gibt es hier ein besonderes Programm? Hat es etwas mit Fliegen zu tun?

Aus dem Halbschatten kommt ein älterer Mann hervor, er trägt eine Kappe, auf die die verschlungenen Buchstaben ST eingestickt sind.

BILLETTEUR Gewiß, Mister, hier können Sie fliegen. Sie sind Pilot in einer Rakete. Sie steigen hoch in den Himmel – eine einmalige Show. Sie brauchen keine Ahnung vom Fliegen zu haben, und trotzdem beherrschen Sie Ihr Vehikel mit traumwandlerischer Sicherheit. Vergönnen Sie sich dieses Vergnügen, Mister. Sie werden es nicht bereuen...

Barry zweifelt noch, doch nun redet ihm auch Wes zu.

WES Warum solltest du nicht, Barry? Es kommt dir doch auf ein paar Dollar nicht an. Du gehörst ja nicht zu diesem mittellosen Gesindel, das alle möglichen Tricks versucht, um reinzukommen. Die würden ihr letztes Paar Schuhe dafür eintauschen. Aber es ist wirklich ein Erlebnis, das kannst du mir glauben.

BARRY *an den Billetteur gewandt* Was kostet der Spaß?

BILLETTEUR Zehn Dollar. Hier, die Kabine ist frei. Treten Sie ein.

WES *ruft Barry nach* Es dauert nur ein paar Minuten – ich warte hier!

Globorama-Raum Nachmittag

Barry betritt die kreisrunde Vorführkammer. Ringsherum, über die Decke gewölbt und bis zur Bodenebene reichend, ein Rundhorizont, eine grauweiße Projektionsfläche. In der Mitte ein einzelner Zuschauersitz, ein bequemer Stuhl mit dick gepolsterten Lehnen für Arme und Rücken. Davor ein Pult, der Armatur einer Raketenkanzel nachgebildet.

Der Billetteur bittet Barry, Platz zu nehmen.

BILLETTEUR Schnallen Sie sich an! Und setzen Sie diesen Helm auf!

Leises Rauschen aus dem Lautsprecher.

Vom Helm führt ein Kabel zu einem Steckkontakt am Armaturenbrett. Der Billetteur überzeugt sich, daß der Stecker richtig sitzt. Er zieht auch noch einmal die Bänder an, die Barrys Hüften und Schultern festhalten sollen.

BILLETTEUR Alles in Ordnung – gleich geht's los. Viel Vergnügen, Mister!

Der Billetteur verläßt den Raum, die Tür schließt sich, fügt sich nahtlos dem Rundhorizont ein. Barry ist allein.

Das Licht erlöscht... ein Moment Dunkelheit, dann flackernder Feuerschein, unruhig, eruptiv. Gegen den grell orangefarbenen Hintergrund hebt sich die Verstrebung ab, die die gekrümmten Quarzglasscheiben der Kanzel hält.

Zischen und Knattern.

Stimme aus dem Mikrophon *blechern:* Countdown in 10 Sekunden, 10, 9, 8, 7, 6, 5, 4, 3, 2, 1, ...go!

Das letzte Wort geht im ohrenbetäubenden Lärm des Starts unter.

Starker Andruck, Blutleere im Gehirn.

In diesem Moment sinkt der Feuerschein nach unten, einen Moment sind die Silhouetten von Gebäuden sichtbar, schon wenige Augenblicke später ein großer Teil der Landschaft... dann neigt sich plötzlich der Horizont, Wolkenschwaden schießen vorbei.

Sausende Geräusche bringen die Rakete zum Zittern, dann wird es plötzlich überraschend ruhig...

Schwerelosigkeit, sanftes wiegendes Schwanken.

Die Wolkendecke liegt weit unten, fällt mit wachsender Beschleunigung zurück, und schon ist die Erde als Kugel sichtbar, der bekannte blaugrüne Ball der Astronauten.

Es ist ein Hochgefühl, in irrwitzig schneller Fahrt dahinzupfeilen, sich von der Erde zu lösen, eine ungeheure Kraft im Rücken zu spüren, die imstande ist, die Jahrmillionen alten Fesseln der Schwerkraft zu sprengen.

Längst hat sich das Blau des Himmels verdunkelt, ist der schwarzen Tiefe des offenen Raums gewichen. Einzelne Sterne werden sichtbar.

Dann ein Lichtschein unweit des Bahnvektors, ein heller Körper, der rasch größer wird, auf Barry zuschießt.

Plötzlich ist er hellwach. Automatisch greifen seine Hände nach dem Steuerknüppel. Er mustert die Anzeigegeräte – ein Blick, und er ist informiert. Ohne zu zögern zieht er die Rakete nach links... und der fremde Flugkörper saust an ihm vorbei.

Starker Andruck, Fliehkräfte.

Ein Wendemanöver, um den Blick nach hinten zu öffnen – da, in einer engen Kurve ändert das unbekannte Objekt seine Richtung, zuerst langsam, dann schneller, und nun fährt es wieder auf Barry zu.

Einen Moment hat er gezögert, hat sich dem Gefühl der Genugtuung hingegeben, durch blitzschnelles Reagieren einer Gefahr entronnen zu sein. Aber das war kein Zufall, kein Fehler des Navigationspersonals – das war Absicht, Aggression!

Barry hat drei Sekunden verloren, aber nun ist er wieder voll da. Ein beherzter Zug am Steuerknüppel, die Seitendüsen speien Feuer, eine urtümliche Kraft preßt Barry in den Sitz, läßt ihn fast das Bewußtsein verlieren.

Aber er reißt sich zusammen, beobachtet die Zeiger der Instrumente, sucht nach dem Feind. Nun hat er ihn am Radarschirm, er greift von hinten an, und schon wieder entzieht sich der andere dem Zugriff in einer halsbrecherischen Kurve. Bald beherrscht er das Vehikel souverän, als hätte er sein ganzes Leben nichts anderes getan als Raketen gesteuert.

Wechselnder Druck, schüttelnde Bewegungen.

Ein Hagel von Leuchtspurmunition... das war knapp. Barry greift nach dem Auslöser seiner eigenen Geschütze, und er findet sie, ohne nachzudenken. Auch er schleudert ein Bündel Explosivgeschosse aus.

Der Kampf dauert kaum zwei Minuten, doch in solchen Augenblicken herrscht eine andere Zeit... Es hätten geradeso gut zwei Stunden oder zwei Tage sein können.

Barrys Reflexe funktionieren mit automatenhafter Präzision. Es ist kein Kampf mehr auf Leben und Tod, den die beiden Raketen in der Einsamkeit des Weltraums vollführen. Es ist ein Tanz, eine Demonstration der Eleganz, die sich in den Gesetzen der Kraft, der Masse und der Beschleunigung ausdrückt.

Nun hat Barry den Gegner voll im Visier, er drückt den Auslöseknopf, und er kann die dahinfliegenden Geschosse für Bruchteile von Sekunden in der Visierlinie sehen. Und dann scheint der fremde Flugkörper eine Sekunde lang von Glut ergriffen zu sein, bevor er wie ein Feuerwerkskörper in einem Strahlenkranz zerstiebt.

Jäh einsetzende Schwerelosigkeit.

Mechanisch tasten Barrys Hände wieder nach dem Steuerknüppel, einen Moment lang schließt er die Augen, um ihn herum wird es hell und heller, dann ein sanftes Rucken...

Plötzlich ist er wieder in der Globorama-Kabine, im Zuschauersitz, um ihn herum eine Projektionswand.

Barry merkt, daß er völlig erschöpft ist.

Er löst die Anschnallgurte, muß sich dann aber an den Armlehnen anhalten, da ihn ein Schwindelgefühl überkommt. Er braucht einige tiefe Atemzüge, um sich zu erholen. Dann steht er auf. Auf unsicheren Beinen geht er zur Tür, die sich vor ihm öffnet.

Globorama-Vorhalle — Nachmittag

Der Billetteur und Wes kommen Barry entgegen, sie schütteln ihm die Hände, klopfen ihm auf die Schultern.

BILLETTEUR Das haben Sie ausgezeichnet gemacht, Mister. Ich wußte ja nicht, daß Sie Flieger sind! Aber trotzdem...

Er leckt sich die Lippen.

WES Das war wirklich ausgezeichnet.

Wes deutet auf einen Monitor.

WES Wir haben den Kampf am Bildschirm verfolgt. Nicht zu glauben, wie du die Rakete beherrscht hast. Oder hast du einen Lehrgang mitgemacht?

Barry schüttelt den Kopf.

Dumpfer Druck im Gehirn, leichtes Zittern in den Knien – aber er erholt sich rasch.

BARRY Ich habe einiges darüber gelesen, die Raketenfahrt interessiert mich, das kannst du dir denken. Mit den Armaturen bin ich vertraut. Es ist kein Kunststück, eine Rakete zu steuern, wenn man fliegen kann. Aber sag: Was geschieht mit Leuten, die keine Ahnung haben? Die haben doch nicht die geringste Chance gegen den Angreifer.

WES Sie gewinnen auf jeden Fall. Das Spiel läuft dann ein wenig anders ab – jeweils dem Benutzer angepaßt. Das ist ja der Zweck der Globorama-Trips: daß du am Schluß immer gewinnst. Drum sind die Burschen so scharf darauf.

Er deutet zu den Männern, die nun allmählich aufmerksam werden und unauffällig näherkommen.

Wes zieht Barry mit sich.

WES Ich wußte nicht, daß du ein so guter Pilot bist. Mit diesem Können ist dir ein Job am Sirius sicher. Ich hab' da einige Verbindungen, wenn du willst, so helfe ich dir.

BARRY Man hat mir versprochen... ich soll morgen...

WES *unterbricht ihn* Die vertrösten dich doch immer wieder! Die haben ja keine Ahnung, wie gut du bist! Nein, nein – auf dem Weg über die Bürokratie erreichst du nichts. Wie gesagt: Ich setze mich für dich ein! Könntest du mir 100 Dollar leihen – das würde mir die Sache erleichtern.

Barry sieht Wes ein wenig zögernd an. Es enttäuscht ihn, daß es offenbar auch dieser auf sein Geld abgesehen hat. Aber er ist nicht sicher. Aus der Brieftasche holt er eine 100-Dollar-Note und reicht sie ihm.

WES Ich danke dir, Barry! Du kannst dich auf mich verlassen. Ich melde mich wieder!

Barry will ihm noch etwas nachrufen, doch schon ist Wes in einem der Seitengänge verschwunden.

Ein Tag reihte sich an den andern, Wochen, Monate und Jahre vergingen, als würden sie von einem ewig gleichlaufenden Motor vorübergezogen, Laufbänder, von denen man nicht abspringen kann, Ereignisse am Rande, auftauchende Lichter, Momentaufnahmen, schon verblaßt, ehe man sie richtig wahrgenommen hatte... Jahre ohne Jahreszeiten, ohne Schönwetter- oder Regenperioden, ohne Hitze oder Kälte – das ewige Gleichmaß des künstlichen Klimas, das trübe Licht der Nuklearlampen, die träge dahintreibende stickige Luft... Was geschah, geschah ohne Bezug auf größere Zusammenhänge, auf ein übergeordnetes Schicksal – isolierte Abläufe, Zufälle, Wirkungen ohne Ursachen, Abläufe ohne Folgen, kurze Unterbrechungen einer konturlosen Eintönigkeit, Stoff für Diskussionen und Erzählungen, in der Gesamtheit gesehen bedeutungslos.

Die wirklichen Änderungen geschahen unmerklich: Die beiden Jungen wurden älter, wuchsen heran, lernten eine Menge Dinge, ohne zu wissen, was davon wichtig war und was nicht. Die Schule war ein perfektionierter Apparat, ein autonomes System ohne sichtbaren Zusammenhang mit dem, was draußen vor sich ging. Es arbeitete unaufhaltsam, wenn auch nicht reibungslos, es funktionierte aufgrund der Gesetze, und nicht aufgrund von Einsicht in seine Notwendigkeit, und diese wäre auch schwer zu beweisen gewesen, denn niemand machte sich Gedanken darüber, welche die Aufgaben und Forderungen waren, die später einmal gestellt werden könnten.

Nein, in der Schule lag kein Keim einer Änderung, und ebensowenig in der Familie, die sich als beste Einheit menschlicher Organisation bewährte, obschon von Zeit zu Zeit die Hilfe der Psychologen des Sozialamts nötig war.

Und trotzdem gab es Veränderungen, die man nicht als solche empfand, Zeitmarken, die man nicht registrierte, Wendepunkte, Augenblicke von Entscheidungen... Längst waren sie über die abenteuerlichen Spiele in der verbotenen Zone hinausgewachsen, und wenn sie sie nicht fast schon wieder vergessen hätten, hätten sie darüber gelächelt – eine Zeit der romantischen Gefühle, Kindereien, Wunschvorstellungen und Ziele, die ihnen nur noch ein Kopfschütteln abnötigten, wenn doch einmal das Gespräch darauf kam.

Die Schule nahm nun mehr Raum in ihrem Leben ein, an die Stunden der audiovisuellen Unterweisung in den Lernkabinen und des Gruppenunterrichts kamen Kurse in verschiedenen Fächern, angeblich abgestimmt auf spätere berufliche Möglichkeiten und Chancen – Programmiersprachen, quantitative Logik, Informationspsychologie, kybernetische Soziologie. Der Unterricht dauerte bis drei Uhr oder vier Uhr am Nachmittag, und die Freizeit verlagerte sich in die Abendstunden. Nun fragte niemand mehr danach, wann sie das Haus verließen und wann sie zurückkamen. Ihr Aktionsradius hatte sich vergrößert, mit der Untergrund- oder der Hochbahn konnten sie Gegenden erreichen, die zwanzig, dreißig oder vierzig Kilometer von ihrer Wohnung entfernt lagen. Es gab eine Menge interessanter Dinge, die damit in ihre Erlebnissphäre einbezogen wurden, Errungenschaften der hochgezüchteten Vergnügungsindustrie, Möglichkeiten, die Freizeit totzuschlagen, Angebote zur Beschäftigung und zum Konsum. Da gab es die quadratkilometergroßen Eislaufplätze mit ihren windgetriebenen Rundbahnen, mit den Abfahrtshängen, auf denen man die Geschwindigkeit von Motorrädern erreichte, die Eishockeyfelder und Tanzflächen. Da war das Schwimmstadion mit seinen zwei Dutzend Becken, darunter die riesige Wellenwanne, der Korallengarten mit seinen ins Wasser versenkten luftgefüllten Pavillons, die langgezogene Wasserrennbahn, auf der man sich von Minijets ziehen ließ, die Kajak-Hindernisstrecke mit der künstlichen Strömung und den Felsen aus Eisenbeton, die kreisrunde Halle für die Vorführungen des Wasserballetts, die Delphinschau und den »schwimmenden Zirkus«, der Dom für die Kunst- und Hochspringer. Bei neunzig Metern lag jetzt der Wasserhochsprungrekord – eine Höhe, in der man sekundenlang Angst hatte, der Springer könnte das Becken verfehlen und irgendwo am gekachelten Rand zerschellen. Aber selbst wenn er am Wasser aufkam, war damit noch lange nicht gesagt, daß er den Sprung unversehrt überstand – eine geringe Schwankung aus der Senkrechten, eine schlechte Körperhaltung, abgewinkelte Arme, gegrätschte Beine... dann wirkte die Wasseroberfläche wie eine Bretterwand, mehrere Anwärter auf den großen Preis hatte man mit Netzen aus dem Becken gefischt und abtransportiert. Von einigen hatte man niemals wieder etwas gehört, nach drei Wochen waren sie vergessen...

Ein Anziehungspunkt auch das Motodrom, die raffiniert angelegte Rennbahn für Formel 1 und 2, Schwebeflitzer und konventionelle Motorräder; von mehreren Etagen des Zuschauerraums aus, teils wie Vogelnester auf dünne Gerüste gesetzt, hatte man einen prächtigen Überblick über die Windungen und Kreisel, die Kurven und Serpentinen, die Tunnels und Loopingbahnen. Sonntag für Sonntag gab es hier neue Sensationen.

Am Anfang war alles ungewohnt und aufregend, es war eine Welt, die man für sich entdecken mußte, mit der man allmählich vertrauter wurde, eingeschlossen jene kleinen Tricks, um ohne Bezahlung teilzunehmen, Schleichwege durch den Keller, Klettereien über das mit Spießen bewehrte Gerüst, präparierte Magnetkarten, die der elektronische Controller passieren ließ. Bald wußten sie, von welchen Plätzen man am besten sah, wie man sich in die erste Reihe drängen konnte, welche Möglichkeiten bestanden, um an den Stützen der Scheinwerfer hochzuklettern und den Ablauf aus einer überhöhten Sicht zu sehen – so wie früher die Götter von ihrem Olymp heruntergesehen haben mochten, um die amüsante Menschenwelt zu beobachten.

Und sie kannten die Helden der Wettkämpfe, die Läufer und Springer, die Kajakfahrer und Surfer, die Rennfahrer und Jetpiloten. Sie waren bei vielen der großen Ereignisse dabei, beispielsweise damals, als Carlo Buenovente aus der Loopingbahn geschleudert wurde, als es Jack Lantham beim Wasserhochsprung erwischte und als die Südtribüne des Autodroms einstürzte – gerade als der Pulk darunter hinwegraste... Natürlich waren sie nicht allein, sie fanden Gleichaltrige, die dieselben Vorlieben und Interessen hatten wie sie, die dieselben Veranstaltungen besuchten und wie sie ihre Favoriten wählten. Es gab keine engen Bindungen wie bei den Banden der verbotenen Zone, eher unverbindliche Zusammenschlüsse, Cliquen, die dieselben Mannschaften bevorzugten und lautstark unterstützten, die sich an bestimmten Stellen der Stadien trafen, die besten Plätze für sich in Anspruch nahmen und im gemeinsamen Verfolgen der Geschehnisse ihr Zusammengehörigkeitsgefühl aufbauten. Es war ein starkes Erlebnis, inmitten einer Hunderttausende zählenden Menschenmenge zu stehen, ihr als pulsierende Zelle anzugehören, ein Teil davon und doch eigenständig, zwar nur als passiver Zuschauer, und doch bis in die letzte Muskelfaser von den Auseinandersetzungen ergriffen. Was dort unten wenige Männer unter sich ausmachten, Kämpfe um Hundertstelsekunden, um Vorsprünge von Millimetern, nur mit Präzisionsanlagen der Elektronik meßbar, die Anstrengung, einen Ball in ein Tor zu bringen oder dieses zu verhindern, der Wille, stärker oder geschickter als die anderen zu sein, der Wunsch, den Sieg zu erringen und damit Ansehen und Geld – das alles erlebten sie mit, empfanden es mit derselben Anteilnahme wie die Akteure unten auf den Laufbahnen, am Rasen, auf der Wasserfläche. Vielleicht empfanden sie sogar mehr: durch den Abstand, den sie hatten, durch die Bewegungslosigkeit, zu der sie verurteilt waren, durch die Konzentration auf das Wesentliche – ohne mit Müdigkeit, Konzentrationsschwäche, Zweifel oder Angst kämpfen zu müssen –, durch alles das erlebten sie zwar dasselbe, aber sie erlebten es anders, in gewissem Sinn sogar intensiver. Und wenn die Stars unten dreckig und erschöpft, verwirrt und ausgebrannt ihre Pokale in Empfang nahmen, entlud sich ihre ganze Energie in Begeisterung oder Wut, je nachdem, ob ihr Favorit gewonnen hatte oder nicht, und sie harrten noch Stunden auf den Tribünen aus, schrien ihre Stärke in die Akustik der Architektur, schwenkten Fahnen und Embleme, skandierte Verse und Sprechgesang. Manchmal gerieten sie mit anderen Cliquen in Streit, und dann kam es zu üblen Raufereien, manchmal gaben sie ihrer Wut über einen vergebenen Sieg freien Raum und rissen Stühle und Geländer ab, manchmal aber, nach einem Sieg, zogen sie durch die Straßen, ließen sich in dichtgedrängten Rudeln über die Laufbänder treiben, drangen schreiend in die Warteräume des öffentlichen Verkehrsnetzes ein und versperrten ganze Straßenzüge mit einem seltsamen Ritual, das sich aus Tanzschritten, Handbewegungen und Gesängen zusammensetzte.

Aber auch die Wettkämpfe und Sportveranstaltungen verloren allmählich ihren Reiz, und wieder merkten die Betroffenen selbst nichts davon, nach wie vor folgten sie ihrer Gewohnheit, stritten sich um billige Karten und günstige Aussichtsplätze, diskutierten über Spieler, Trainer und Strategien, bestrebt, ihr Wissen zu demonstrieren, das ihnen selbst immer weniger bedeutete.

Es waren ganz andere Dinge, auf die sich ihr Interesse richtete, Nebensächlichkeiten wurden plötzlich bestimmend, Mittel um Ziele zu erreichen wurden Selbstzweck... Da kam es darauf an, für sich selbst ganz besonders exponierte Plätze in Anspruch zu nehmen, sich gegen andere durchzusetzen, die anderen zu dirigieren. Noch hatten sie keine Mädchen in ihre Cliquen aufgenommen, doch manches von dem, was sie unternahmen, geschah nicht ohne Seitenblick auf Gruppen von Teenagern, die sich da und dort, scheinbar zufällig, in ihrer Nähe postiert hatten und deren Interesse am sportlichen Geschehen zumindest zweifelhaft war. Allmählich bildeten sich besondere Formen demonstrativer Zurschaustellung heraus, die Besetzung der Sitzreihen erster Klasse gegen sich verzweifelt wehrende Ordner, die Erstürmung der Spielfläche nach dem Match.

Bald gaben sich die Jungen nicht mehr mit indirekten Unternehmungen zufrieden. Da sie jenen, für die sie sich eigentlich interessierten, kein Interesse zeigen wollten, suchten sie sich ihre Opfer unter älteren Mädchen und Frauen unter den Zuschauern. Es waren recht primitive Späße, die dabei eine Rolle spielten, und doch genau das Richtige, Mitteldinge zwischen Frechheiten und Mutproben, Demonstrationen und Sport. Dabei ging es darum, den ins Auge gefaßten Mädchen und Frauen in die Brust oder in den Po zu kneifen, vielleicht auch hin und wieder darum, eine Strähne Haare abzuschneiden oder einen Gürtel abzuziehen. Gelegenheit dazu gab es oft genug im Gedränge, insbesondere vor der Hauptveranstaltung, wenn sich verspätete Zuschauer von den Seitengängen her in die Reihen der früher Gekommenen drängten. Von der Tribüne aus beobachtete dann die ganze Clique die Unternehmung jenes Freiwilligen, der seine Geschicklichkeit und seine Unverfrorenheit beweisen wollte. Normalerweise drängte er sich dort, wo das Gewühl am dichtesten war, in die Zuschauermassen hinein, um ein geeignetes Objekt zu finden oder – was schwerer war – an ein schon vorher ins Auge gefaßtes heranzukommen. Für die oben postierten Zuschauer war ein solcher Versuch weitaus spannender als der Ablauf der Vorkämpfe, zu denen man sich nur eingefunden hatte, um den angestammten Platz nicht zu verlieren. Zunächst kostete es einige Mühe, im Zufallsmuster der Menge den Weg ihres Gefährten zu verfolgen... Meistens waren drei Phasen zu unterscheiden – erstens das regellose Hin und Her auf der Suche nach einem attraktiven weiblichen Wesen (denn das war eine ungeschriebene Regel: daß die Auserwählte hübsch oder, besser noch, auffällig sein mußte); hatte man dann jemand in Aussicht genommen, dann wurden die Bewegungen langsamer und vorsichtiger – man versuchte, unauffällig in die Nähe zu kommen und sich dann, als geschähe es zufällig, an die Betreffende drängen zu lassen; dann kam die Aktion, meist von einem empörten Schrei gefolgt, eine kleine Turbulenz inmitten der Menschenmasse – meist wußte niemand, was geschehen war –, während sich der Urheber der Verwirrung im Wirbel davonmachte. Es kam selten genug vor, daß man ihn dabei erwischte.

Wie schon oft in ähnlichen Situationen, litt es Gus nicht lange als passiver Zuschauer – er mußte selbst eingreifen, weniger, um sich hervorzutun, als vielmehr, um anerkannt zu werden, um sich eine Position innerhalb der Gruppe zu schaffen, einen Angelpunkt, von dem aus man eingreifen und lenken kann.

Und wie gewöhnlich gelang es ihm auch wie vorausgeplant: Meist wählte er Mädchen, denen schon von vornherein anzusehen war, daß sie keinen Spaß verstünden und entsprechend energisch darauf reagieren würden. Mit erstaunlicher Sicherheit fand er den geeigneten Typ heraus – Mädchen mit enganliegender, bunter Kleidung, grün oder violett lackierten Fingernägeln, weißem oder rotem Haar, solche also, die von vornherein darauf aus waren, Aufsehen zu erregen und den Blick der Umstehenden auf sich zu lenken. Bei solchen Aktionen gelangen Gus einige Male richtige Theatereffekte, die ihm die uneingeschränkte Hochachtung der anderen einbrachten.

Es hatte keine Diskussionen darüber mehr gegeben, ob Barry mitkommen durfte oder nicht – er tat es einfach, ungeachtet dessen, daß er wieder ein wenig früh daran war – der Jüngste und Kleinste unter allen anderen. Mit dieser Rolle allerdings hatte er sich inzwischen längst zufrieden gegeben; es genügte ihm, in Gus' Schatten zu stehen und etwas von dessen Ruhm abzubekommen. Aber genügte es ihm wirklich? Von Zeit zu Zeit ertappte er sich bei völlig konträren Gedankengängen. Für kurze Augenblicke konnte es vorkommen, daß er Gus haßte, insbesondere, wenn dieser wieder einmal seine Dominanz herausspielte, ihn zu Handreichungen veranlaßte, die er dann wie selbstverständlich annahm, wenn er ihn ermahnte, um sein eigenes überlegenes Können herauszustellen, wenn er sich auf Barrys Kosten einen Witz leistete. Freilich dauerten diese Anflüge negativer Gefühle nur kurz, denn Gus lieferte auch immer wieder Beweise, daß er an seinem Bruder hing und ihn als etwas zu ihm Gehöriges betrachtete, dem niemand zu nahe treten durfte. Dann spürte Barry so etwas wie Reue wegen seiner negativen Anwandlungen, und er bemühte sich, seine Ergebenheit umso deutlicher zu zeigen.

Und doch blieben diese hin und wieder eingestreuten emotionalen Entgleisungen nicht ohne Folgen. Nach und nach bauten sie ein Potential auf, das Barry dazu brachte, nach Möglichkeiten zu suchen, um seine eigene Leistungsfähigkeit herauszustellen. Wenn es gerade nichts zu tun gab, während der langen

Wartezeiten in der Schulkantine, in den Stationen der öffentlichen Verkehrsmittel, vor dem Beginn von Filmen, Popkonzerten und Sportveranstaltungen, hing er Wachträumen nach, in denen er sich die tollsten Szenen ausmalte, in denen er seinen Bruder übertrumpfte. Dabei ging es freilich nicht darum, diesem etwas Böses zu tun – im Gegenteil: Es war Gus' Anerkennung, die Barry als schönste Belohnung vorschwebte. In seinen verwegensten Vorstellungen malte er sich Szenen aus, in denen er Gus aus einer Notlage half, ihm das Leben rettete, ihn aus brennenden Trümmern eines Gebäudes rettete oder ihn aus einer Schar bewaffneter Angreifer herausschlug. Es war die Bewunderung von Gus, die er erstrebte, und nicht vielleicht einen Sieg über ihn.

Vielleicht waren es Gedanken dieser Art, die ihn damals dazu brachten, etwas ähnliches wie Gus zu riskieren. Freilich war er sich dessen bewußt, daß es ihm sowohl an Übung wie auch an Selbstsicherheit fehlte, doch er hoffte, daß es ihm gelingen würde, seine eigene Feigheit zu überwinden und damit zumindest vor sich selbst eine Probe zu bestehen. Andererseits war er vorsichtig und realistisch genug, um seine Unternehmung nicht anzukündigen, sondern es zunächst einmal abseits der Öffentlichkeit, gewissermaßen innerhalb seiner eigenen privaten Sphäre, zu wagen.

Es war vor Beginn eines großen Fußballspiels, bei dem es um die kontinentale Meisterschaft ging. Wie er es schon oft bei Gus beobachtet hatte, drängte sich Barry zwischen die einströmenden Zuschauer, in einem jener Ränge, die dem Haupttor nahelagen – denn dort war das Getümmel am dichtesten. Zunächst ließ er sich unschlüssig durch die Menge treiben – er brauchte selbst nichts zu unternehmen, ganz von selbst traf er immer wieder auf andere Menschen, und unter diesen waren einige Mädchen und Frauen, die seinen Absichten durchaus entgegenkamen. War er aber dann dicht herangekommen, wurde er an den weiblichen Körper gedrängt, so daß er die Ausdünstung von Schweiß und Parfüm riechen konnte, die davon ausging, wenn er versuchte, verstohlen in das Gesicht zu schauen und daran die Schichten von Schminke und die aufgeklebten Wimpern sah, dann erschien ihm jeder Kontakt, und wäre er auch noch so mechanisch, unerträglich, und er trachtete wieder davonzukommen. Unwillkürlich hielt er nach angenehmeren Erscheinungen Ausschau, und da erblickte er ein Mädchen, nicht viel älter als er, von dem er zunächst nur den blauen Jeansanzug und die blonden Haare erkannte, dessen Gesicht er sich aber, obwohl er es nicht sehen konnte, dennoch vorstellte, und diese Vorstellung war erfreulich. Er kam rasch näher und war gar nicht erstaunt, als er dann das Gesicht sah: Es entsprach völlig seinen Erwartungen – vielleicht deshalb, weil es eben nichts anderes als das Gesicht eines jungen Mädchens war, ohne Schminke und Wimperntusche, ohne Besonderheiten, vielleicht ein wenig flach und nichtssagend, aber gerade deshalb von selbstverständlichem Ebenmaß. Plötzlich stand er dicht an dem Mädchen, fühlte dessen Körper an sich, war einige Augenblicke hindurch verwirrt, hob schließlich die Hand... Aber es wurde nur eine leichte Berührung daraus, ein paar Sekunden lang spürte er ihre Brust an seiner Handfläche... er war aufgeregt und zugleich ruhig, bereit, sich mit einem Satz in die Menge zu werfen, sich davonzumachen, zu fliehen, aber seltsamerweise blieb der erwartete Aufschrei aus, er blickte dem Mädchen in die Augen, und er fand keinen Schrecken, keine Empörung darin, höchstens eine gewisse Verwirrung...

Da trat Barry zurück, vielleicht wurde er auch abgedrängt, einen Atemzug lang blickte er dem Mädchen noch ins Gesicht, dann verschwand es aus seinem Blickfeld, und nun erst, als das Geschehen vorbei war, stellte er mit Erstaunen fest, daß es ganz anders gekommen war, als er es sich vorgestellt hatte, daß er völlig unbeabsichtigt etwas ganz Neues entdeckt hatte, die Tür zu einem Raum aufgestoßen, dessen Tiefe er noch längst nicht ausloten konnte.

Unauffällig kehrte er zu Gus zurück, der mit den andern auf der Tribüne stand. Er hatte nichts bemerkt und sagte nur: »Wo warst du denn, Barry?« Barry zuckte nur die Schultern. Er versuchte es kein zweites Mal.

Barry sitzt in einem Clubsessel der Hotelhalle und blättert in einer Zeitung. Die Sitzfläche ist so groß, daß ein bequemes Sitzen unmöglich ist, und so wetzt er unruhig hin und her. Dann steht er auf – Jutta kommt auf ihn zu. Sie reichen einander die Hand.

Ihr Händedruck ist fest, ihre Haut kühl.

BARRY Hallo, Jutta.

JUTTA Hallo, Barry.

BARRY Wollen Sie sich setzen?

JUTTA Nein – kommen Sie: Gus will Sie sehen.

Barry kann sein Erstaunen nicht verbergen.

BARRY Er will mich sehen – wirklich?

JUTTA Ja, und er freut sich sehr. Ich glaube, er braucht Sie sogar.

BARRY Er braucht mich? Wozu?

Jutta macht eine ungeduldige Bewegung.

JUTTA Kommen Sie, mein Wagen steht draußen. Ich erzähle Ihnen alles.

Jutta geht voran, Barry folgt ihr. Einen Häuserblock weiter der Parkplatz, ein luxuriöser Wagen mit Chauffeur. Als dieser Jutta sieht, springt er aus dem Wagen, öffnet die Tür. Jutta beachtet ihn nicht, schiebt Barry in den Fond. Der Chauffeur steigt ein, dreht sich zu Jutta zurück.

JUTTA Zur Villa!

Der Wagen fährt weich an, mischt sich in den Verkehr und erreicht bald die ruhigere Region des Stadtrands.

BARRY Ich freue mich, Gus wiederzusehen. Aber wieso ist es plötzlich so eilig?

JUTTA Gus wird es Ihnen selbst sagen. Im Moment läuft nicht alles so glatt, wie er es sich wünscht. Ein Mann in seiner Position – überrascht Sie das, daß er Feinde hat? Gus hat sich gegen viele Konkurrenten verteidigen müssen. Und es gibt auch innerhalb seiner Firma Leute, die ihn um seine Position beneiden.

BARRY Das tut mir leid! Ich wußte nicht, daß er Schwierigkeiten hat.

JUTTA Schwierigkeiten gibt es immer. Doch da ist auch noch etwas anderes. Ich habe den Eindruck, daß Gus ein wenig müde geworden ist. Er könnte sich viel intensiver verteidigen – wie er es schon oft genug getan hat. Ich habe fast das Gefühl, daß es ihn langweilt. Ein aktiver Mensch wie Gus... Es ist schon schlimm genug für ihn, wenn er beobachtet, daß alles scheinbar von selbst in festgefahrenen Geleisen läuft. Und dazu noch Anfeindungen, Intrigen – immer wieder dasselbe, plump, primitiv, kleinkariert...

Die negative Beschleunigung des langsam bremsenden Wagens.

Er hält vor einer feudalen Villa. Sie ist in einen Hang gebaut, dessen felsiger Untergrund eine natürliche Barriere bildet. Jutta tastet einen Code in das Nummernschloß ein, und das Tor gleitet geräuschlos zur Seite. Sie steigen einige Dutzend Stufen empor, zwischen Steingartengewächsen und abstrakten Plastiken hindurch; gelegentlich blinkt auch das Metall einer Selbstschußanlage.

Sie erreichen eine Terrasse, Barry dreht sich kurz um – ein wunderbarer Ausblick über die Stadt und über sie hinweg, zum Raketenflughafen... Die Hügelkette, die das Tal abschließt, liegt grau hinter einem hauchzarten Nebelschleier.

JUTTA Kommen Sie!

Wieder geht sie voran, und Barry folgt. Eine Vorhalle, ein breiter Durchgang in einen Salon. Ein Mann, ihnen den Rücken zuwendend, auf einer Couch.

JUTTA *leise* Gus – ich habe Barry mitgebracht!

Der Mann steht auf. Er ist ein wenig größer als Barry, und auch ein wenig breiter gebaut. Und er ist merklich älter als er. Und doch ist die Ähnlichkeit unverkennbar.

Einen Moment steht Barry still, dann geht er auf seinen Bruder zu, und dann liegen sie sich in den Armen. Beide haben Mühe, ihre Rührung zu verbergen.

Überwältigendes Gefühl der Wiedersehensfreude.

GUS Das ist aber eine Überraschung, Barry! Warum hast du dich nicht angemeldet?

BARRY Ich wußte ja nicht, was du dir da aufgebaut hast – ein ganzes Imperium! – und daß du darin der Kaiser bist! Du hast so selten etwas hören lassen.

GUS Ich hatte zu tun – das kannst du dir ja denken. Aber wie geht es den Eltern? Und was macht Cindy?

Jutta ist unbeweglich an der Tür stehen geblieben, doch nun kommt sie heran und unterbricht die Szene.

JUTTA Ich glaube, wir haben wenig Zeit, Gus!

Gus dreht sich zu ihr um, mit einem Mal sieht er wieder ernst und traurig aus.

GUS Jutta hat recht. Später mußt du mir alles erzählen. Aber jetzt... ich bin froh, daß du da bist, Barry. Ich bin in einer schwierigen Lage. Willst du mir helfen?

BARRY Selbstverständlich, Gus.

GUS Es ist schlimmer, als es aussieht. Du wirst es nicht glauben, aber ich muß fliehen.

BARRY Wohin willst du fliehen?

GUS Es trifft sich gut, daß du Pilot geworden bist. Ich habe hundert Piloten in meinen Diensten, und nun ist keiner da, auf den ich mich verlassen kann.

BARRY Auf mich kannst du dich verlassen, Gus.

GUS Ich weiß, Barry.

Jutta hat eine Reisetasche aufgenommen und schiebt Gus einen Koffer hin.

JUTTA Wir müssen uns beeilen!

BARRY Und wohin soll die Reise gehn?

GUS Zum Sirius. Wohin sonst? Der Sirius, das ist jetzt meine Welt. Und es wird auch deine werden.

BARRY *erstaunt* Zum Sirius! Du meinst... eine Rakete...

GUS Ja, eine Rakete. Ich habe erfahren, wie gut du eine Rakete steuern kannst. Komm jetzt, alles ist vorbereitet!

Er nimmt den Koffer auf, sieht sich noch einmal kurz im Raum um und geht dann entschlossen hinaus. Die andern beiden folgen ihm.

Raketenflugplatz Abend

Der Chauffeur bringt den Wagen bis an eine startklar auf Lafette stehende Rakete. An den diversen Sperren wird unverzüglich die Schranke geöffnet, sobald man die Autonummer gelesen und den Besitzer im Wagen erkannt hat. Am letzten Teil der Strecke setzt sich ein rotgestrichener Jeep der Schutzpolizei davor und lotst sie durch das Gewirr der Anfahrtstraßen.

Sie steigen aus, Gus schickt den Chauffeur mit seinem Wagen und das Begleitfahrzeug weg.

Zwei Stewards helfen ihnen beim Einsteigen, tragen das Gepäck. Sie werden an drei Sitze in der Steuerkanzel geleitet, setzen sich nebeneinander in die Stühle. Ein Steward drückt ihnen den Helm auf den Kopf, der andere zieht die Gurte an.

GUS Ist das Gepäck verstaut?

STEWARD Alles in Ordnung, Sir.

GUS O.K. Wir brauchen nichts mehr.

Er winkt ihnen zu, und sie entfernen sich.

Dann setzt sich die Lafette in Bewegung, und sie rollen zum Startplatz hinaus. Auf dem Armaturenbrett leuchtet ein grünes Licht auf.

GUS Jetzt bist du dran, Barry. Zeig was du kannst! Das Bodenpersonal wird dir die Anweisungen geben. Die Route ist hier im Buch verzeichnet.

BARRY In Ordnung, Gus.

MIKROPHONSTIMME R 1 – sind Sie bereit zum Start?

GUS R 1 – das sind wir. Melde dich, Barry!

BARRY Hier spricht R 1, wir sind bereit.

MIKROPHONSTIMME Die Rakete ist ordnungsgemäß abgecheckt. Start frei. Sind Sie bereit zum Start?

BARRY R 1 bereit zum Start.

MIKROPHONSTIMME Achtung! Wir zünden!

Die Triebwerke heulen und zischen.

Rings herum Feuerschein, aufsteigende Dampfschwaden, hinter denen die Landschaft versinkt.

MIKROPHONSTIMME Wir zählen zum Count-down: 10, 9, 8, 7, 6, 5, 4, 3, 2, 1, go!

Das letzte Wort geht im Lärm der entfesselten Triebwerke unter.

Starke Vibrationen, jäh ansteigender Andruck.

Der Raketenkörper zittert einen Augenblick lang, dann hebt sich der Flugkörper leicht, der Flugplatz fällt zurück, das Tal von Santa Monica, das öde Hügelland, schon wird die Küste des Meeres sichtbar... Noch ein paar mühsame Atemzüge unter dem lastenden Andruck, und dann ist die Erde nur noch ein Ball, der inmitten eines schwarzen, sternendurchwirkten Raums schwebt.

Barry atmet tief durch. Ein Glücksgefühl durchströmt ihn: Das ist mehr, als er sich wünschen konnte – eine Rakete steuern, auf dem Weg zum Sirius... Und neben ihm sein Bruder, der seiner Hilfe bedarf – und sie bekommt...

Er blickt nach rechts – doch der Platz neben ihm ist leer. Und links von ihm... auch Jutta ist verschwunden.

Unbeschreibliche Enttäuschung.

Irritiert sieht sich Barry um. Er greift sich an die Augen, denn er fürchtet, von einer Sehtäuschung genarrt zu sein. Die Umgebung um ihn herum beginnt zu verblassen, ein kurzes Flackern, ein Schwanken des Horizonts, und dann sitzt er plötzlich in der Globorama-Kammer. Er ist maßlos enttäuscht und verwirrt, er weiß nicht, ob das Wirklichkeit ist, was er erlebt, oder ein Teil eines Traums, in den er sich verirrt hat.

Globorama-Vorhalle Nachmittag

Die Tür der Globorama-Kammer öffnet sich. Der Billetteur kommt herein und öffnet Barrys Riemen.

BILLETTEUR Sie haben Ihre Zeit um zwölf Minuten überzogen. Haben Sie das Signal nicht bemerkt?

Barry sieht ihn nur verwundert an. Er steht auf, der Billetteur schiebt ihn zur Tür hinaus.

BILLETTEUR Halt! Sie sind mir noch zwölf Dollar schuldig.

Er blickt auf eine Zählscheibe.

BILLETTEUR ...genau zwölf Dollar 65 Cents.

BARRY Wo ist Jutta? Wo ist Gus?

BILLETTEUR Zwölf Dollar 65 Cents.

Barry zieht seine Börse, zählt das Geld ab.

Gefühl der Irritation.

BARRY Wo ist Gus?

BILLETTEUR Welcher Gus? Welche Jutta?

BARRY Gus Griffin! Da war doch eben noch...

BILLETTEUR Hören Sie, Mister, wenn Sie schwache Nerven haben, dann sind Sie bei mir am falschen Platz. Nicht zu glauben – völlig weggetreten, der Kerl.

Er zählt das Geld nach, das ihm Barry gereicht hat, dreht sich um und zieht sich in den Kassenraum zurück.

Hotelhalle Abend

Als Barry ins Hotel zurückkommt, hat er sich noch nicht völlig erholt. Drum ist er im ersten Moment erstaunt, als Jutta auf ihn zutritt. Sie ist keineswegs freundlich.

Immer noch Gefühl der Irritation.

JUTTA Jetzt warte ich schon 20 Minuten – wo bleiben Sie denn?

Barry blickt auf die Uhr, runzelt die Stirn.

BARRY Entschuldigen Sie, ich bin ein wenig durcheinander.

JUTTA Was ist denn los mit Ihnen? Haben Sie unser Rendezvous vergessen?

BARRY Nein, nein, natürlich nicht.

JUTTA Sind Sie nicht mehr daran interessiert, mit Gus zusammenzutreffen?

BARRY Doch, selbstverständlich.

Sie lassen sich an einem Tischchen nieder.

BARRY Wie steht es? Können wir ihn aufsuchen? Ist er in seiner Villa?

JUTTA Was reden Sie da?

Sie sieht ihn forschend an.

JUTTA So einfach, wie Sie sich das vorstellen, ist es nicht. Auch ich kann nicht zaubern. Vielleicht morgen, vielleicht übermorgen. Ich muß sehen, daß ich mit ihm zusammentreffe. Wenn sich was ergibt, ruf ich bei Ihnen an.

BARRY *verdrießlich* Morgen oder übermorgen *er wird unwillkürlich laut.* Hören Sie, was soll dieses Theater! Es handelt sich immerhin um meinen Bruder! Ist es nicht mein gutes Recht, meinen Bruder zu sehen!

Jutta ist unangenehm berührt, sie bemerkt, daß einige Leute aufmerksam geworden sind.

JUTTA Was soll das, Barry! So nehmen Sie sich doch zusammen! Wenn Sie hier einen Skandal verursachen, dann sehen Sie Ihren Bruder nie!

Barry ist wieder still geworden. Seine Energie ist rasch verpufft. Er wird sich der Peinlichkeit dieser Szene bewußt. Er entschuldigt sich.

JUTTA Da wäre noch eine Kleinigkeit... Ich werde Auslagen haben.

Barry zieht die Schultern hoch.

BARRY *unangenehm berührt* Wieviel?

JUTTA 500 Dollar werden reichen – fürs erste.

Barry holt einige Scheine aus der Brieftasche, reicht sie Jutta unauffällig hinüber. Sie wirft einen Blick drauf, steht auf und geht grußlos davon. Barry hat das Gefühl, daß ihn jemand beobachtet, und als er sich umblickt, steht Nelly hinter ihm.

NELLY Du hast ihr Geld gegeben? Wofür?

BARRY Warum interessiert dich das?

Nelly setzt sich auf den Stuhl, den Jutta eben verlassen hat.

NELLY Die nimmt dich doch nur aus – merkst du das nicht?

BARRY Kennst du sie?

Nelly zögert ein wenig.

NELLY Nein, aber diese Sorte kenn' ich. Was kriegst du dafür?

BARRY Sie will mich mit Gus zusammenbringen.

NELLY *sarkastisch* Aha, mit Gus. Na wunderbar! Da kriegst du wenigstens was für dein Geld.

BARRY Das ist doch schließlich meine Sache. Was geht dich mein Geld an?

NELLY Hast du noch welches?

Barry blickt in seine Brieftasche.

BARRY Ja.

NELLY Warum sitzen wir dann hier herum? Komm, wir machen uns einen hübschen Abend!

Man merkt Barry an, daß er keine Lust dazu hat. Aber ein Abend mit Nelly ist immer noch schöner als ein Abend allein. Er steht auf, sie hängt sich ein und führt ihn mit sanfter Gewalt mit sich.

Langsam verfliegt die Enttäuschung.
Lavendelduft.

Das sechzehnte Lebensjahr, das Jahr der Volljährigkeit – eine entscheidende Zäsur für die heranwachsenden Menschen. Sie verließen ihre Familien, setzten ihre Ausbildung für zwei Jahre auf einer höheren Stufe fort. Gus hatte seine Tests gut bestanden und war einem College mit technischer Richtung zugeteilt worden, ein erster Schritt zur Spezialisierung, dem dann, nach Abschluß des generellen Studiums, die Zuteilung zu einem Beruf folgen würde und damit eine weitere Ausbildungszeit – diesmal schon spezialisiert und spezifiziert auf die vorgesehene Tätigkeit, den Anlagen und Fähigkeiten gemäß ausgewählt.

Wieder standen Barry zwei Jahre bevor, in denen er ohne seinen Bruder auskommen mußte. Immerhin hatte er soweit an Selbständigkeit gewonnen, daß er sich in den Gruppen und Cliquen, in denen sich die Jugendlichen zusammenfanden, auch ohne den Schutz des Größeren durchsetzen konnte, und er gab diese Verbindungen auch nicht ganz auf. Und doch fehlte etwas Wesentliches, ein Motiv, das seinen Handlungen erst Sinn gab, ein Anreiz, der Spannung erzeugte, Unruhe, Zweifel, schließlich aber auch Genugtuung über etwas, was man durchgestanden und bewältigt hat. Das Fernsehen gewann wieder größere Bedeutung in Barrys Leben; wie die anderen Massenmedien hatte es sich rasch weiterentwickelt, anstelle der Bildschirme traten Projektionsflächen, für die eine Zimmerwand freigehalten werden mußte, die Bilder waren räumlich – man konnte gewissermaßen in einen Rahmen hineinsehen, ein Fenster in eine andere Welt, in der es nie langweilig war, eine Welt voll Auseinandersetzung, Kämpfe, Niederlagen und Siege. Mit der Großprojektion und der Holographie war die Illusion noch wirklichkeitsnäher geworden. Längst glaubte niemand mehr an Vermittlung von Wissen, an Bildungsaufgaben. Man hatte erkannt, daß die einzige Funktion des Fernsehens darin besteht, den Menschen zum Ausleben latenter Emotionen, zur Erfüllung unterdrückter Wünsche, zur Verwirklichung geheimer

Träume zu verhelfen – als Ersatz für das verlorene Abenteuer eines risikoreichen, dafür aber alles verheißenden Daseins.

Auch die anderen Medien dienten im Wesentlichen dazu, den ungeheuren Bedarf an Erleben und Gefühl zu decken. Kein Mensch mehr konnte dem Irrtum verfallen, der Urlaub sei eine Zeit der Ruhe, die Ferien dienten der körperlichen und geistigen Erholung. Niemand zweifelte daran, und die Werbespots unterstrichen es nachhaltig: Die Freizeit sollte ein Lohn für die geleistete Arbeit sein, ein Ausgleich gegenüber der Eintönigkeit des Daseins in der Masse, ein Ventil für unterdrückte Wünsche und Sehnsüchte, die jeder mit sich herumträgt und die eines Tages – zur Wahrung des Gleichgewichts – freigesetzt werden müssen. Selbstverständlich boten sich keine echten Abenteuer mehr, die der Angehörige einer Milliarden zählenden Bevölkerung erleben konnte – dafür gab es das organisierte Erlebnis, den vorgefertigten Nervenkitzel, die kalkulierte Spannung, das inszenierte Erfolgserlebnis, genau auf die Bedürfnisse zugeschnitten, in verschiedenen Preisklassen lieferbar, das richtige Angebot für jeden. Dabei wurde der Individualität Rechnung getragen, es war kein Gemeinschaftserlebnis, sondern ein durchaus persönliches Geschehen, genau nach den Erkenntnissen der Trieblehre und Motivationsforschung strukturiert.

Diesen Anforderungen genügten die alten Erholungsgebiete, die Fremdenverkehrsorte, Ferienparadiese und Strände schon lange nicht mehr. An ihre Stelle waren synthetische Örtlichkeiten getreten, Oasen der leichtherzigen Fröhlichkeit, magische Königreiche und künstliche Paradiese, ein überdimensioniertes Disneyland – Tore zur Zufriedenheit, Schlüssel zum Erfolg. In diesen Arealen, die hunderte von Quadratkilometern umfaßten, verbrachte man seine Ferien, man lebte in luxuriösen Hotels, von den modernsten Automaten betreut, Tag und Nacht von Musik berieselt, zusammen mit zufriedenen Menschen, die ebenso offen für das Gebotene, aufgeschlossen für alle Attraktionen, dankbar für das Wunderbare waren. Man hielt sich hier Tage und Wochen auf, schlüpfte in eine neue Rolle hinein, wurde ein Teil dieser Bilderbuchszenerie, Mustern aus der Vergangenheit nachgebaut – Venedig, Paris, Heidelberg, Athen –, wurde zum Zeitreisenden oder zum Pionier, zum Meeresforscher oder zum Astronauten... Kulissen aus Science-Fiction-Visionen, das bunte Leben in einem Korallenriff, von Unterseebooten her zu besichtigen, ein Krater aus dem Mare Imbrium, mit echtem Mondgestein, für diesen Zweck eigens hergebracht und naturgetreu arrangiert.

Barry hatte monatelang nichts von Gus gehört, und er gestand sich selbst nicht ein, wie sehr er über das Schweigen des Bruders enttäuscht war. Gelegentlich spielte er mit dem Gedanken, ihn zu besuchen, doch dann schreckte er vor den Schwierigkeiten eines solchen Unternehmens zurück: Wenn er Gus nicht um dessen Einverständnis bitten wollte, dann mußte er sich selbständig aufmachen, in eine für ihn fremdartige Umgebung eindringen – die Internatsschule, der Campus, ein Staat im Staat, ein auf undurchsichtige Weise funktionierender Körper, ein fremdartiges System, in dem man sich so verirren konnte, wie früher in einem Höhlenlabyrinth oder im Urwald. Und selbst wenn es ihm gelang, Gus zu finden, dann war damit noch lange nicht gesagt, daß dieser gerade Zeit und Lust hatte, sich mit ihm zu beschäftigen, ob er den unvermuteten Besuch nicht als Störung empfand, ob er nicht gerade mit anderen zusammen war, die sich über den unbeholfenen Eindringling lustig machen würden, so daß sich Gus seiner schämen mußte. Dafür aber sehnte er den Tag herbei, der ihm selbst die Übersiedlung in den Campus bringen würde, und so bemühte er sich, gerade in den technischen Fächern gut zu sein, um schließlich dorthin zu kommen, wo sich Gus aufhielt. Es war ihm klar, daß es eine so enge Gemeinschaft wie seinerzeit in der Familie, bei den Spielen in den unterirdischen Gängen oder in der verbotenen Zone nicht mehr geben würde, doch immer noch war Gus die einzige Person, der er sich verbunden fühlte, das einzige Wesen, mit dem man von Mensch zu Mensch sprechen konnte... So war es nur natürlich, daß er in seiner Nähe leben wollte.

Eines Tages war Gus plötzlich wieder da, er übernachtete in

seinem alten Bett, er erzählte, daß er Ferien habe, und er lud Barry ein, mit ihm das »Magic Kingdom« zu besuchen, einen der größten Vergnügungsparks, ein paar hundert Kilometer südwärts, Anziehungspunkt von Millionen Besuchern, die dort fanden, was sie suchten: die Gefühle des Staunens und der Erfüllung.

Gus war mit einem zitronengelben Elektrowagen gekommen, Eigentum des College, wie er erzählte, und schon die Fahrt über die Hochbahn, Hunderte von Metern über dem Häusermeer, von wenigen spinnenbeinigen Stützen getragen, durch ein Kunststoffnetz vom Abgrund getrennt, war für Barry ein Erlebnis besonderer Art. Der bequeme Polstersitz, mit imitiertem Leder überzogen, das blitzende Chrom der Armatur, die bunten Lichter an der Schalttafel, die Aussicht weit hinunter über die Stadt, der Rausch der Geschwindigkeit und Gus, der die Situation beherrschend am Volant saß... Er hätte sich wünschen mögen, die Fahrt würde nie aufhören – sie würden immer so weiterfahren, durch die Stadt oder auch aus ihr hinaus, in unbekannte, fremdartige Gegenden...

Gus stellte den Wagen zu einigen hunderttausend anderen, die vor dem Eingang des »Magic Kingdom« über zehn Etagen verteilt abgestellt waren. Zu Fuß gingen sie über eine Hängebrücke, tief unter ihnen ein reißender Fluß, ringförmig angelegt, künstlich in kreisförmiger Bewegung gehalten – die Grenze zwischen der Stadt und einem Reich der Wunder.

Für acht Dollar pro Person erwarben sie das Recht, sich einen Tag lang frei im Park bewegen zu dürfen, die Benutzung der Verkehrsmittel eingeschlossen; nur für die zwei oder drei Dutzend Sonderattraktionen mußte man gesondertes Eintrittsgeld bezahlen. Ehe sie in den großen Pavillon eintraten, gewissermaßen die Vorhalle zur Glückseligkeit, kamen sie an einer Reihe von Mädchen in hell- und dunkelblauen Uniformen vorbei, jedes mit einer unauffällig angebrachten Nummer auf der Bluse versehen.

»Wünschen Sie eine Begleiterin?« fragte der Mann an der Passage, der die Uniform eines französischen Kavalleriesoldaten des ausgehenden 17. Jahrhunderts trug.

Gus warf Barry einen fragenden Blick zu, doch er wartete dessen Antwort nicht ab und nickte zustimmend.

»Zwei Mädchen, das macht zehn Dollar. Wollen Sie sich die Damen aussuchen?«

Gus zog Barry mit sich, dem diese unerwartete Wendung peinlich war. Die Mädchen sahen alle nahezu gleich aus, es hätten Collegegirls sein können, wie man sie an Feiertagen in den Festzügen marschieren sehen konnte. Eigentlich sahen sie freundlich und nett aus, und als Gus auf eines der Mädchen zeigte, zögerte auch Barry nicht lange und folgte seinem Beispiel. Die beiden hießen Silvie und Sally, und sie benahmen sich so ungezwungen und vergnügt, daß es fast selbstverständlich wurde, den Tag mit ihnen zu verbringen.

Das Eingangsgebäude war zugleich der Bahnhof der Schwebebahn, mit der man, manchmal knapp über dem Boden, manchmal auch in luftiger Höhe, das gesamte Gelände durchqueren konnte. Es gab aber auch andere ungewöhnliche Arten von Fahrzeugen, eine den historischen Vorbildern getreu nachgebaute Eisenbahn, elektrisch betriebene Wägelchen, zu kleinen Schlangen zusammengefädelt und von einem als Postillion verkleideten Mann geführt. In den einzelnen Abteilungen gab es auch besondere Fortbewegungsmittel, den speziellen Kulissen angepaßt: In der indischen Abteilung, den Tempeln von Kuala Lumpur nachgebaut, konnte man auf einem Elefanten reiten, durch eine Nachbildung von Hongkong ließ man sich in einer Rikscha tragen, in einer Südpollandschaft aus Kunststoff, Glas und künstlichen Eisflächen fuhr man in einem Hundeschlitten dahin. Das alles aber war eher etwas für die Älteren unter den Besuchern, die sich mit beschaulichen Wanderungen durch die Stätten der Geschichte begnügten. Für die Jüngeren, für die das physische Erleben ebenso wichtig war, standen Rennbahnen zur Verfügung, Raketen, Schleudergondeln, Düsengleiter, die entlang einer von unsichtbaren magnetischen Kraftlinien gezogenen Bahn halsbrecherische Kurven zogen. Das war Gelegenheit für die Mädchen, sich kreischend gegen den Fahrtwind zu stemmen, sich in die Kurve zu legen, sich an die Jungen zu drängen und sich an ihnen festzuhalten. So wurde die phantastische Fahrt auf der Achterbahn für Barry nicht nur ein waghalsig scheinendes Unternehmen, bei dem man seine Furchtlosigkeit und seine Selbstüberwindung beweisen konnte, sondern auch zur ersten Berührung mit einem weiblichen Wesen, das nicht auf Distanz blieb, sondern alle Hemmungen, die zwischen Fremden normalerweise bestehen, gekonnt herunterspielte und sich freundschaftlich, ja vertraulich zeigte – wenn auch nur für einen Tag, gegen Bezahlung.

Es war viel für Barry, was er da innerhalb von kürzester Zeit zu verdauen hatte, ein Ansturm von neuen Eindrücken, der eher betäubend als beglückend wirkte; er hätte nicht zu sagen vermocht, was einen stärkeren Eindruck auf ihn machte: die endlose Reihe von Attraktionen oder das Mädchen neben ihm. Immer wieder blickte er Silvie von der Seite her an, und er stellte erstaunt fest, daß sie vor den Sehenswürdigkeiten echte Begeisterung zeigte. Denn er war sich klar darüber, daß ihr das alles längst vertraut sein mußte. So großartig das alles schien, so naturgetreu und historisch konsequent, so war die Oberfläche doch zu glatt, der Glanz zu grell, die Farbe zu bunt... Es täuschte nur den, der sich täuschen lassen wollte – wer genauer hinblickte, sah, daß die Ziegel aus Kunststoff waren, das Gestein aus Gips, das Holz aus Schaumstoff, und so überwältigend der Eindruck das erste Mal war, so dürfte er doch bald verblassen – eine gut gelungene Simulation der Wirklichkeit, aber eben doch nur eine Simulation mit allen ihren Grenzen, nicht gut genug, um für dauernd zu täuschen. Barry fragte Silvie danach, und obwohl er keine klare Antwort bekam, so glaubte er doch, das Rätsel gelöst zu haben: Die Mädchen fühlten sich in dieser Umgebung zu Hause, betrachteten sie als ihr Eigentum, als ihren Bereich, den sie ihren Gästen in seiner bestmöglichen Form darbieten wollten. Und so freuten sie sich über jede gelungene Überraschung, über jeden wirksamen Effekt... Für sie war die Illusion zu einer anderen Art der Wirklichkeit geworden – und vielleicht war das eine absurd scheinende und doch wesentliche

Erkenntnis: daß man auf dem Umweg über Illusionen auf seltsam verschlungenen Wegen wieder Wirklichkeit hervorbringt – nämlich jene der Empfindungen und Gefühle.

Sie ließen sich in einer Art Tauchkugel in einem Wasserfall hinunterstürzen, wurden mit Fallschirmen ausgestattet und hoch in die Luft katapultiert, durchquerten ein Dorf im Westernstil, das von Indianern und Cowboys umkämpft wurde – die Gummikugeln pfiffen ihnen um die Ohren –, sie fuhren in einer Zentrifuge von fünfhundert Metern Durchmesser, eine stillstehende Scheibe inmitten einer rotierenden Welt, sie betätigten sich als Rodeohelden auf elektronisch gesteuerten künstlichen Pferden, vollführten Dutzende Meter hohe Sprünge auf pressluftbetriebenen Trampolins, ließen sich auf kreiselstabilisierten Rhönrädern einen Abhang hinunterrollen... Nach zwei Stunden waren sie glücklich und erschöpft, legten sich an den Strand, auf weißen Sand, ein Abfallprodukt der chemischen Industrie, trieben auf einem Floß über das langsam dahinströmende Wasser, zwischen den tief hinunterhängenden Blütenzweigen exotischer Sträucher hindurch, und schleckten am grün, gelb und rosa gefärbten italienischen Eis.

Bald wurden sie wieder unternehmungslustig, sie wanderten durch die Hallen der »Historical Show«, beobachteten Ritter auf ihren Kreuzzügen, Napoleon bei der Schlacht von Waterloo, den Untergang der Titanic, die Luftschlacht über dem Atlantik, das Desaster an der Schweinebucht. Es waren nicht nur Bilder, sondern auf unerklärliche Art lebendig gewordene Szenen, ein elektronisches Wachsfigurenkabinett, eine Kombination zwischen Robottechnik und Holographie, und wenn es auch technische Erklärungen dafür gab, so stand man doch immer wieder vor dem Unerwarteten, Unerklärlichen... Da war der Sitzungssaal der UNO, Chruschtschow, mit seinem Schuh auf den Tisch schlagend, und während man sich noch über die Lebendigkeit des Geschehens wunderte, aus einem Flirren der Konturen aber die Technik der Black Box, der Blue Screen erkannte, erhob sich derselbe Chruschtschow von seinem Sitz, trat aus dem Bühnenraum heraus und streichelte den Kindern unter den Zuschauern übers Haar. Man sah Hitler, der die Rückkehr seiner Heimat ins Deutsche Reich verkündete und dann Bonbons in die Menge warf, Fidel Castro, der den Zuschauern nach einer flammenden Rede alkoholfreien Rum ausschenkte, Mao Tse Tung, der mit einem winzigen Pinsel seltsame Tuschezeichen auf Seidenpapier malte – kleine Gedichte, Sprüche, chinesische Weisheiten, auf Themen bezogen, die die Besucher nannten.

Zu Mittag besuchten sie Schlaraffia, das Traumland hungernder Kinder, und tatsächlich gab es jene Sahneberge, durch die man sich hindurchessen mußte, um in den Bereich der fliegenden, gebratenen Tauben zu kommen, und zu all jenen anderen Herrlichkeiten: Schinken in Aspik, Braten mit Fruchtgelee, süße Gurken und Pepperoni, alle Sorten von Soßen und Creme, dazu ein prickelndes Getränk, das die Sättigung unterdrückte und neue Gaumenfreuden ermöglichte...

Der Weg aus dem Schlaraffenland führte durch einen Erfrischungsraum – von künstlichen Händen aus Wolle und Gummi, von Stahlskeletten geführt, durch Servomotoren betrieben, durch ein adaptives elektronisches System gesteuert, wurden sie massiert, abgerieben und durchgeknetet, sie kamen in Vibrationsfelder, die die Müdigkeit vertrieben und das Gefühl unversiegbarer Energie vermittelten, sie wurden durch Wolken eines Aerosols geleitet, das in Sekundenschnelle Gefühle der Erwartung, ja die Begierde nach neuen Eindrücken und Erlebnissen aktivierte, und über allem lag eine feierliche und doch angenehm ermunternde Musik.

Am Nachmittag besichtigten sie die »moderne Welt«, sie sahen die Astronauten mit ihrem Mondauto durch eine Kraterlandschaft fahren und durften eine Prise in einen Plastikbeutel verpackten Mondstaub mitnehmen, sie sahen die denkwürdige, mißglückte Landung auf dem Mars, die erste Umkreisung der Venus von Slater und McGregor, erlebten die Durchquerung der Saturnringe und die wunderbare Rettung der Mannschaft aus dem havarierten Landungsboot, sie waren bei der ersten transstellaren Expedition dabei und staunten über den relativistischen Regenbogeneffekt am Rande der Lichtgeschwindigkeit, und sie blickten durch ein Beobachtungsfenster, als die ersten Menschen auf einem öden Planeten von Alpha Centauri landeten, ein Triumph der Menschheit und zugleich eine Enttäuschung für die, die heimlich auf eine erdähnliche Welt gehofft hatten, auf eine Gartenlandschaft mit Blumen und zutraulichem Getier. War schon der Tag eine ununterbrochene Folge von Vergnügungen gewesen, eine Zeit der Sorglosigkeit unter dem kristallblauen Himmel einer von hinten beleuchteten Glaskuppel, so steigerte sich die Stimmung gegen Abend noch einmal merklich. Durch raffinierte Lichteffekte wurde der hereinbrechende Abend simuliert, ein Spiel von unbeschreiblichen rosa und violetten Tönen, das unmerkliche Überhandnehmen einer sich ins Unendliche erstreckenden Dunkelheit, die Sonnenscheibe hinter einer Wolkenwand, steil aufragend wie an Schnüren gezogen – die magische Beleuchtung legte sich wie ein Überzug aus Samt über die Landschaft, die Gebäude, die Wege, und plötzlich spürte man eine bisher nicht gekannte Ruhe, Zufriedenheit, Liebe zu den Menschen – Folgeerscheinung eines psychotropen Gases, das durch Millionen winziger Düsen, über das gesamte Gelände verteilt, in die Luft geblasen wurde.

Noch hatten sie zwei Stunden Zeit, auch diese letzten Eindrücke zu genießen, und auf Wunsch der Mädchen fuhren sie auf kleinen, offenen Wägelchen, auf denen nur zwei Personen Platz hatten, in die Panorama-Halle hinein, in denen man Landschaften nach Wunsch wählen und die Tages- und Jahreszeiten über eine Schaltapparatur einstellen konnte.

Zum ersten Mal an diesem Tag war Barry mit Silvie allein, und wenn sie schon tagsüber ein wesentliches Element seiner Aufmerksamkeit gewesen war, so wurde ihre Gegenwart nun geradezu überwältigend, und offenbar war das auch vorausgeplant – Barry hatte bemerkt, daß es vor allem Pärchen waren, die sich in dieses Gebäude des stillen Genießens einfahren ließen.

Als sie vor dem dreidimensionalen Bild einer romantischen Insellandschaft hielten, stellte Silvie den Schalthebel auf Nacht

– ein riesiger Mond senkte sich hinunter, unzählige Sterne glommen auf. Sie rückte an ihn heran, küßte ihn, ihre Hand schlüpfte unter den Stoff seines Hemds, und als er ein wenig irritiert, aber nicht erstaunt, zurückwich, fragte sie ihn »Willst du nicht?«, und statt einer Antwort nickte er nur, obwohl er das Mädchen kaum sehen konnte, doch sie verstand, und Barry überließ sich ihren Zärtlichkeiten.

Nach einer Weile trafen sie sich wieder draußen, und Barry war es, als wenn sich etwas verändert hätte, sein Herz schlug, ein Zittern war in seinen Knien, und er konnte es kaum verstehen, daß die Mädchen kicherten und schwatzten wie zuvor. Sie setzten sich auf die Terrasse einer Cafeteria, aßen Kuchen und tranken Capuccino. Schließlich fragte Gus, ob sie zum Abschluß noch einmal in die Panorama-Halle gehen wollten. Barry zögerte, doch die Mädchen hatten nichts dagegen, sie standen auf – sie brauchten nicht zu bezahlen, jeder konnte essen, soviel er wollte, sie schlenderten über den Platz, und dann ergriff Gus Silvie am Arm und sagte: »Diesmal kommst *du* mit mir!« Augenblicke später verschwand er mit ihr in der dunklen Einfahrt.

Barry blickte ihnen nach, und er zuckte zusammen, als ihn Sally am Arm packte und sagte: »Komm – da ist der nächste Wagen, wir können einsteigen.«

Er überlegte kurz, dann schüttelte er den Kopf. »Danke, Sally. Ich möchte nicht mehr. Du bist doch nicht böse?« Sally konnte ihr Erstaunen nicht verbergen, doch dann lächelte sie und strich ihm über die Wange. »Natürlich nicht«, sagte sie. Sie blieben vor dem großen Gebäude stehen und beobachteten, wie die Projektion der Sonnenscheibe endgültig hinter dem Schattenriß des Horizonts versank.

Personalbüro, Zimmer Nächster Tag, Vormittag

Barry klopft, tritt ein. Der Beamte sieht von seinen Akten auf, bleibt sitzen, über seine Papiere gebeugt.

BARRY Guten Morgen. Ich wollte mich erkundigen... Sie haben mir erlaubt...

BEAMTER Sie kommen ein wenig zu früh. Sie müssen nämlich wissen: Wir haben hier eine Menge zu tun. Sie haben zwar die besten Referenzen, aber trotzdem – Sie sind nicht der einzige. Also nehmen Sie doch ein bißchen Rücksicht und üben Sie Geduld.

Barry kann seine Enttäuschung nicht verbergen. Mutlosigkeit, Resignation.

BARRY Wann darf ich wieder nachfragen?

BEAMTER Fragen Sie morgen wieder nach, oder besser übermorgen!

BARRY Besten Dank. Auf Wiedersehen!

Der Beamte hat sich bereits wieder seinen Akten zugewandt.

BEAMTER *murmelnd* Auf Wiedersehen!

Schießhalle Nachmittag

Barry und Nelly vor einem der holographischen Bilder: eine Jagdszene am Sirius. Barry jagt Salve um Salve auf die Abbilder der Ungeheuer, und Nelly begleitet jeden Abschuß mit Jubel. Die Klingel, die die Treffer anzeigt, schlägt nahezu pausenlos an.

Barry und Nelly wandern zum nächsten Schießstand. Sie holen sich Gläser mit Getränken aus einem Automaten und stellen sie auf einem Bord ab. Das Spiel beginnt von Neuem.

Spielsalon Abend

Nelly wirft einen Dollar nach dem andern in die Spielautomaten, Barry sieht zu und versorgt sie mit Geld. Dann versuchen sie ihr Glück am maschinellen Roulette. Barry verliert.

Bar Abend

Von zwei Barhockern aus beobachten Nelly und Barry einen Tanz auf einer kleinen runden Bühne – Tänzer und Tänzerin in enganliegenden goldfarbenen Trikots.

Die Musik dazu erzeugt ein Flötenspieler in indischem Kostüm und Turban.

Nelly deutet dem Barmixer an, ihr Glas neu mit Sekt zu füllen, doch er zeigt ihr die leere Flasche.

NELLY Bestellst du noch eine Flasche, Liebling?

Barry zieht seine Brieftasche, sieht hinein, klappt sie wieder zu und steckt sie ein.

BARRY Was bin ich schuldig?

Der Barmixer präsentiert eine lange Rechnung, und Barry holt sein letztes Geld aus der Börse heraus; für ein Trinkgeld reicht es nicht.

BARMIXER Wollen Sie noch etwas bestellen?

BARRY Nein, danke.

BARMIXER Dann machen Sie den Platz frei, aber ein bißchen plötzlich!

BARRY Wollen Sie mich vielleicht hinausschmeißen? Ich verlasse das Lokal, wann ich will!

Der Mann sieht ihn höhnisch an. Er wendet sich an Nelly:

BARMIXER Wer ist denn dieser seltsame Vogel? Kennst du ihn?

Nelly sieht Barry von der Seite an, tut uninteressiert.

NELLY Flüchtig.

BARMIXER Na und?

NELLY Nichts weiter.

Der Barmixer hebt die Hand und winkt einem Boxertyp, der

das Geschehen aufmerksam verfolgt hat. Nun tritt er an Barry heran und hebt diesen samt dem Stuhl hoch.

Barry spürt eine seltsame Lähmung.

BARMIXER Meinen Sie nicht, es ist besser, Sie gehen freiwillig, Mister?

Barry rutscht vom Barhocker herunter.

BARRY Was ist, Nelly, kommst du?

NELLY Ach weißt du, Barry, ich bleib' noch ein bißchen.

Verständnislosigkeit, Leere, Schwindelgefühl.

Barry blickt sie einen Moment ausdruckslos an, dann dreht er sich wortlos um und geht.

Korridore — Nacht

Jetzt erst bemerkt Barry, daß er betrunken ist.

Er fühlt sich miserabel – enttäuscht und deprimiert.

Ein junger Mann mit Pelzjacke und Jeans kommt auf ihn zu.

JUNGER MANN Freund, dich hat's ganz schön erwischt!

Barry will ihn zur Seite schieben, hat aber kaum noch Kraft.

Erstaunen über die Schwäche, die seinen ganzen Körper erfaßt.

JUNGER MANN Wo willst du denn hin? Setz dich doch!

Er führt Barry zu einer Steinstufe am Rand eines geschlossenen Ladens. Sie setzen sich nebeneinander.

JUNGER MANN Du siehst mies aus, Freund. Ganz blau im Gesicht. Schau, da hab' ich was, was dir helfen wird.

BARRY Nein, danke. Laß mich in Ruhe!

JUNGER MANN Aber es kostet nichts, ich schenk dir eine Prise. Du brauchst bloß einmal aufzuschnupfen!

Er holt ein Tütchen Papier aus seiner Tasche, faltet es auseinander, hält es Barry vors Gesicht. Unwillkürlich atmet dieser ein und zieht einen Teil des Pulvers auf.

Er hat den erstaunlichen Eindruck, daß sich seine

Lunge weit öffnet und flüssige Luft ansaugt.

JUNGER MANN Na siehst du, es geht ja. Und nun noch das!

Willenlos folgt ihm Barry. Er schließt die Augen – es dauert nicht lang, und er fühlt sich wunderbar leicht. Ein Lächeln liegt auf seinem Gesicht. Er hebt die Arme, streckt die Handflächen nach vorn, als ob er etwas fühlen wolle –

die Wärme, den Luftzug, den Hauch von Speisen und Parfum, der vorüberweht.

Ein Strudel wechselnder angenehmer Eindrücke.

Nach ein paar Sekunden verzieht sich sein Gesicht, er läßt die Arme sinken.

Übelkeit.

JUNGER MANN Na, hast du dich erholt?

BARRY *kaum verständlich* Verflucht... ich fühl' mich... schlimmer als zuvor...

JUNGER MANN *etwas schärfer* Willst du noch eine Prise? Ich hab' mein Zeug nicht zum Verschenken da. Glaubst du, ich bin die Wohlfahrt?

Er zieht ein weiteres Tütchen aus der Tasche.

JUNGER MANN Schau her! Ich geb' dir noch eins, es kostet fünf Dollar! Ich glaube, du hast es nötig! Das andere war nur ein Vorgeschmack – dieses ist ungestreckt, es hält an bis morgen früh!

BARRY *kaum zu verstehen* Laß mich... in Ruh! Ich hab kein Geld...

Schwäche, Gefühl der Wehrlosigkeit.

Der junge Mann holt Barrys Brieftasche heraus, kramt darin herum, wirft sie enttäuscht beiseite. Er versucht es noch einmal mit der Geldbörse... Fluchend steht er auf.

JUNGER MANN Du Gauner, du Betrüger! Schau, daß du verschwindest!

Er packt Barry beim Kragen, zieht ihn empor, stößt ihn davon. Automatisch taumelt Barry weiter.

Zittern in den Knien. Im Magen ein schwerer Klumpen.

JUNGER MANN Besoffenes Schwein!

Barry irrt durch die Gänge. Er hat Mühe, sich aufrecht zu halten. Immer wieder muß er sich an der Wand abstützen. Er weiß nicht mehr, wo er ist. Hier trifft er nur wenige Menschen, und diese gehen uninteressiert an ihm vorbei.

Durcheinanderwirbelnde negative Emotionen, dazwischen black outs.

Nur noch leise – wie eine ferne Brandung – hört man die Musik, die Durchsagen, das Geschrei…

Die Gänge liegen im Halbdunkel. Von den wenigen Lampen, die roh an die Decke montiert sind, sind einige ausgefallen. An den Wänden häufen sich Papier und Unrat. Da und dort liegen verrostete Werkzeuge. Es scheint sich um eine unterirdische Baustelle zu handeln, vielleicht eine Tiefgarage, vielleicht eine U-Bahnstation.

Plötzlich steht Barry vor einer Rolltreppe, die aufwärts führt, aber nicht in Funktion ist. Er versucht, hinaufzugehen, doch er ist zu schwach dazu. Er setzt sich auf eine Stufe und döst ein.

Überhandnehmende Müdigkeit.

Als er aufwacht und sich aufrichtet, erfaßt ihn wieder eine Welle von Schwindel. Vor ihm steht ein Mann, im dämmrigen Licht kann Barry nur erkennen, daß er eine große Brille trägt und eine Glatze hat. Er ist mit einem langen Mantel bekleidet, darunter sehen die Füße, die in Sandalen stecken, heraus.

AVRAMIS Was machen Sie hier? Sind Sie krank?

Barry versucht zu antworten, doch er bringt nur ein Stöhnen heraus.

Der Mann ergreift seine Hand, fühlt den Puls, dann zieht er ihm ein Augenlid hoch. Er zuckt die Schultern, will sich schon abwenden – da fällt sein Blick auf das Pilotenabzeichen an Barrys Jacke. Er sieht es sich genau an, dann beschäftigt er sich wieder mit Barry, nun merklich freundlicher.

AVRAMIS Hier können Sie nicht liegen bleiben! Sie gehören nicht zu jenem Gesindel, das sich hier herumtreibt. Man wird Sie völlig ausnehmen. Nehmen Sie sich zusammen – es wird schon gehen!

BARRY *mühsam* Lassen Sie mich... Ich bin müde.

AVRAMIS Ach was! Wahrscheinlich hat man Ihnen etwas in den Drink gemixt. Haben Sie noch Geld?

Barry muß alle seine Kraft zusammennehmen, um in seine Taschen zu fassen. Dann schüttelt er den Kopf.

AVRAMIS Hören Sie: Ich bin Arzt, Psychiater. Wo wohnen Sie? In einem Hotel? Vielleicht haben Sie dort noch Geld? Ich möchte Ihnen gern helfen.

Barry schüttelt den Kopf.

AVRAMIS *nachdenklich* Sie können noch nicht lang in der Stadt sein, ich habe Sie noch nie gesehen. Haben Sie eine Sozialversicherung? Sind Sie bei einer Kasse?

Barry nickt. Ein strahlendes Lächeln geht über das Gesicht des Psychiaters.

AVRAMIS Na sehen Sie, ich bin Dr. Avramis. Ich werde Sie in meine Praxis mitnehmen. Zuerst kriegen Sie eine Injektion – gleich werden Sie wieder fit sein.

Er packt ein Injektionsbesteck aus, füllt die Spritze und injiziert eine durchsichtige Flüssigkeit, die er aus einer Ampulle aufgezogen hat.

Stechender Schmerz in der Armbeuge, gleich darauf ein Gefühl der Erleichterung.

Er wartet ein paar Sekunden. Barrys Züge beleben sich nach und nach, seine Haltung wird straffer, und dann gelingt es ihm, mit Hilfe des Arztes auf die Beine zu kommen.

AVRAMIS Hab ich's nicht gesagt? Kommen Sie!

Er versucht Barry zu stützen, während sie die Treppe hinaufgehen. In der nächsthöheren Etage setzt sich das Labyrinth der düsteren Gänge fort, und es dauert eine Weile, ehe sie in eine freundlichere Umgebung kommen. Da und dort kauern Menschen auf dem Boden, starren vor sich hin oder schlafen. Einige scheinen Avramis zu kennen. Sie richten sich auf, winken ihm zu, einige versuchen ihm nachzulaufen und ihn am Mantel festzuhalten.

ERSTER OBDACHLOSER Hallo Doc, du könntest was für

mich tun!

ZWEITER OBDACHLOSER Halt Doc, laß mich nicht hier liegen.

DRITTER OBDACHLOSER He – könntest du mir nicht einen Trip spendieren? Ich hätte einen nötig!

VIERTER OBDACHLOSER Hallo Doc, so warte doch...

Der Arzt kümmert sich nicht um die Rufe. Unbeirrt geht er mit Barry weiter.

AVRAMIS Schauen Sie sich diese Leute an! Einige sind schon jahrelang hier. Manche glauben ernstlich, sie würden noch einmal aufgenommen. Daß ich nicht lache! Ein Skandal, wie man die Leute behandelt. Man sollte ihnen gegenüber ehrlich sein! Was hat es für einen Sinn, sie auf Warteliste zu setzen; genau genommen ist das Betrug. Beurlaubte, Rekonvaleszenten... Eine Schande, die Leute damit zu vertrösten. Was ist dann auch anderes zu erwarten, als daß sie hier herumlungern. Aber es sind auch Kranke dabei, psychisch Defekte. Sehen Sie, das ist die Kehrseite der Medaille. Oben Glanz und Flitter, darunter der schäbige Rest...

Nun kommen sie wieder in eine belebte Gegend. Hier scheint ein Sammelplatz von Wahrsagern, Yoga-Lehrern, Missionaren aller möglichen Sekten zu sein. Eine Gruppe von Jünglingen, auf kleinen Teppichen kniend, führt ein seltsames Ritual aus. Sie beugen sich zu Boden, wiegen die Körper, formen die Hände zu mystischen Zeichen. Dabei beten sie in unverständlichem Singsang.

Geruch von Räucherstäbchen.

Dr. Avramis steuert durch die Menschenansammlung hindurch, geradewegs auf eine Art Laden zu. In einem nischenartigen Raum sind einige medizinische Geräte aufgestellt, eine Diathermie-Anlage, ein Ultraschallgerät, verschiedene Massagemaschinen und Vibratoren.

AVRAMIS Da sind wir schon. Geht es Ihnen besser?

BARRY Ja, es war nichts Ernsthaftes – ich habe wohl zuviel getrunken.

Der Psychiater dreht sich zu ihm herum, bewegt einen Finger vor seinen Augen hin und her...

AVRAMIS Nehmen Sie es nicht zu leicht! Sie hatten einen schweren psychischen Schock. Wir müssen alles tun, damit das nicht noch einmal passiert. Was glauben Sie, wie schnell ein Mensch abrutschen kann – hier in dieser Umgebung.

Barry fühlt, daß seine Kräfte langsam wiederkehren.

BARRY Ich glaube, es ist wirklich nicht nötig. Ich bleibe nicht lange hier. Man hat mir einen Job als Pilot versprochen – in der Sirius-Region. Mein Name ist Barry Griffin. Ich bin...

AVRAMIS Ihre Daten werde ich später aufnehmen – das hat Zeit. Zuerst will ich versuchen, die Ursache Ihres Schocks zu finden. *Nachdenklich* Diese Symptome... Das kommt nicht vom Alkohol allein, das muß tiefer sitzen.

BARRY Bitte, bemühen Sie sich nicht. Ich werde mich sicher wieder schnell erholen...

AVRAMIS Sie sind unvernünftig! Als Arzt weiß ich besser, was nötig ist und was nicht. Eine kleine Analyse kann ja nicht schaden.

Er öffnet eine Tür, drängt Barry hindurch. Dieser will sich wehren, doch der Arzt entwickelt erstaunliche Kräfte, und Barry fühlt noch eine große Schwäche in den Gliedern.

Er kommt in eine Kammer, die sich nur wenig von jener eines Globoramaraums oder einer Pilotenkanzel unterscheidet. In der Mitte der Sitz – ein Ärztestuhl, aber auch hier die gepolsterten Lehnen, die Gurte zum Festschnallen. Auch das Pult mit den Anzeigegeräten könnte dasselbe sein – wenn nicht die Aufschriften auf medizinische Fragestellung hinwiesen: BLUTDRUCK, HERZSCHALL, ATEMFREQUENZ usw. Irritiert bleibt Barry stehen, doch der Psychiater läßt ihm keine Zeit zum Nachdenken. Er schiebt den widerstrebenden Barry zum Stuhl, nötigt ihn, sich niederzusetzen. Er legt ihm die Gurte um, verändert einige Einstellungen am Armaturenpult, setzt Barry einen Helm auf, von denen eine Menge Drähte abgehen.

AVRAMIS So – gleich werden wir es haben. Das ist für's Enzephalogramm… bleiben Sie nur ruhig, es tut nicht weh, Sie werden doch nicht Angst vor einer psychiatrischen Analyse haben! Und hier noch die Elektroden für das EKG.

Druck von kühlem Metall an der Brust.

Barry ist nun so gut wie bewegungsunfähig, und als er mit den Füßen scharrt, legt ihm der Psychiater auch einen Gurt über die Beine.

Der unangenehme Eindruck der Behinderung.

Avramis stemmt die Hände an die Hüften und blickt prüfend umher – er scheint zufrieden zu sein.

AVRAMIS Ich lasse Sie jetzt einige Minuten allein. Sie haben nichts zu tun, als sich in aller Ruhe mit den Testabläufen zu beschäftigen. Bleiben Sie völlig entspannt! Ihre Reaktionen werden automatisch aufgezeichnet.

Er nickt Barry zu und verläßt den Raum.

Psychiatrie-Testraum Nacht

Das Licht verlöscht, ein farbiger Nebel taucht aus dem Rundhorizont auf. Allmählich koaguliert er zu körnig-wolkigen Gebilden, die zu fließen beginnen und wirbelnde Bewegungen ausführen. Die Helligkeit beginnt zu variieren, zuerst langsam, dann schneller, so daß zuletzt nur der quälende Effekt intermittierender Helligkeit und Dunkelheit übrigbleibt.

Das Geschehen auf dem Bildschirm wird durch Töne und Geräusche begleitet – keine Musik, eher ein Chaos einzelner, unzusammenhängender Schalleffekte. Zuletzt steht ein gleichmäßig vibrierender Mißton fast körperlich spürbar im Raum.

Eine Überblendung – menschliche Gestalten in Falschfarben-Darstellung. Sie bewegen sich langsam, unnatürlich, wie in

Zeitlupe. Infolge der Verfremdung sind sie nicht gleich zu erkennen, doch die Farben wechseln, gelegentlich kommen sie der natürlichen Tönung nahe, und dann sieht Barry, daß es Bekannte von ihm sind oder auch Leute, die er flüchtig gesehen hat – Nelly, Jutta, Polizisten und Schutzleute, Wes und Avramis, sein Bruder Gus, Beamte und Hotelangestellte, dazwischen immer wieder die heruntergekommenen Menschen vor dem Personalbüro der Sirius-Transit, im unterirdischen Gangsystem des Vergnügungsviertels von Santa Monica.

Ansteigendes Unbehagen, verzweifelte Versuche zur Konzentration.

Nur für kurze Zeit wird die Darstellung normal, dann geht sie in ein Pseudorelief über, die glatten Gesichter der Mädchen erhalten tiefe Furchen, der gesunde Ton der Haut wird grau und grün...

Die Toneffekte passen zu den visuellen Erscheinungen – es sind bekannte Lieder, Märsche, Schlager, doch sie werden zu hoch gespielt oder zu nieder, zu langsam oder zu schnell...

Die Bewegung der Menschen wird schneller, es scheint, daß sie sich auf der Flucht befinden, sie werden in Auseinandersetzungen verwickelt, sie beginnen aufeinander loszuschlagen, sie balgen sich und wälzen sich am Boden.

Starkes Angstgefühl.

Die Bilder werden undeutlicher, sie überlagern sich mit anderen, deren Sinn zunächst nicht zu erkennen ist. Nur allmählich treten kristalline Strukturen heraus, eine wellige Dünenlandschaft, Steppe, Sand... Barry erkennt die Aufnahmen der Sirius-Region wieder, doch sie haben nicht das übliche Aussehen, das sie so anziehend macht, sondern erscheinen düster, in grauen und braunen Tönen, manchmal farblos hell, dann wieder tief verschattet – wie verbrannt.

Die Musik geht in elektronische Effekte über, in Tonfolgen, die sich stetig wiederholen, in Kaskaden knisternder und knackender Geräusche.

Und wieder Menschen, Szenen der letzten Tage, doch mit vertauschten Rollen gespielt, Nelly und Jutta als Bedienstete im Hotelzimmer, Wes und der Psychiater als Schutzleute, Gus als Barmixer, der Barry mit höhnischem Lachen beobachtet, als er bewegungsunfähig auf dem Barhocker sitzt…

Die beängstigenden Eindrücke werden durch Gesprächsfetzen unterstützt, zum Teil unverständliche Worte, zum Teil sinnlose Sentenzen mit verfremdeten Stimmen dahingeleiert…

Zuletzt eine rasche Folge von Überblendungen – es ist nicht mehr möglich, die einzelnen Gestalten zu unterscheiden, einen Zusammenhang in den Abläufen zu erkennen. Barry windet sich im Stuhl, versucht seinen Fesseln zu entrinnen, aber es gelingt ihm nicht. Er schließt die Augen, doch selbst durch seine Lider hindurch erscheinen noch schattenhafte Projektionen eines elektronischen Alptraums.

Unterirdisches Gangsystem Nacht

Der Bildschirm verblaßt, die Tür öffnet sich, Dr. Avramis tritt ein. Er öffnet die Gurte, die Barry festhalten. Dieser steht mit zitternden Knien auf und verläßt mit unsicheren Bewegungen den Raum.

Wieder Müdigkeit und Schwäche, doch die Angst ist verschwunden – an ihre Stelle ist eine seltsame Leere getreten.

AVRAMIS Sie haben prächtig reagiert – nun ist mir alles klar. Gut, daß ich den Test durchgeführt habe. Es handelt sich um einen posttraumatischen Schock. Sie müssen Ihre Frustration schon lange mit sich herumgeschleppt haben – typischer Retardationseffekt. Was sich da anstaut, bricht dann plötzlich hervor… Ein relativ geringfügiger Anlaß genügt. Waren Sie in der letzten Zeit psychischen Belastungen ausgesetzt? Haben Sie irgendwelche Enttäuschungen erlitten? Hat man Sie beleidigt, gekränkt? Das alles könnte es sein, aber es wäre sowieso nicht zu verhindern gewesen. Die menschliche Homöostasie ist nicht leicht zu stören. Doch ist sie erst einmal aus dem Gleichgewicht gebracht... Eruptives psychotisches Feed-back. Aber nun haben Sie das Schlimmste hinter sich. Selbstverständlich brauchen Sie eine Behandlung. Sie haben Glück, daß Sie mit mir zusammengetroffen sind, denn ich bin Spezialist für Phänomene dieser Art. Bin bestens ausgerüstet – interaktive therapeutische Regeneration. Hier ist ein Formular, füllen Sie es bitte aus! In zwei Monaten sind Sie wieder gesund, Sie werden sich besser fühlen als je zuvor. Alles nicht so schlimm, ein leichtes soziopathisches Syndrom. Die Krankenkassen sind verpflichtet, die Kosten zu übernehmen. Es erwischt uns alle einmal, aber man darf sich nicht unterkriegen lassen...

Avramis schiebt Barry ein Scheckformular hin, das dieser zögernd ausfüllt. Zwischendurch wirft er skeptische Blicke auf den Psychiater, der nun eher den Eindruck eines religiösen Eiferers macht als den eines nüchternen Arztes. Plötzlich stutzt Barry. Er hat ein Gesicht entdeckt, das er kennt – dort drüben, einige Meter von ihm entfernt, halb hinter einem Stützpfeiler verborgen, steht Jutta. Sobald sie merkt, daß Barry sie entdeckt hat, winkt sie ihm zu, macht lebhafte Zeichen. Sie winkt ihm, zu ihr zu kommen, doch legt sie auch den Finger an die Lippen, um anzudeuten, daß er sich nichts anmerken lassen soll. Barry reicht dem Arzt das Formular.

BARRY Schönen Dank für die Behandlung. Ich muß jetzt gehen. Auf Wiedersehen!

Avramis versucht ihn festzuhalten, überlegt kurz und läßt es dann sein.

AVRAMIS Kommen Sie wieder! Morgen nachmittag – ich bin die ganze Zeit hier. Vergessen Sie nicht...

Barry mischt sich unter die Leute. Er dreht sich um, um zu prüfen, ob ihn der Psychiater noch sehen kann, und da dies nicht der Fall ist, wendet er sich zu Jutta, die noch immer hinter dem Pfeiler steht.

BARRY Hallo, Jutta.

Man merkt Jutta an, daß sie eine gute Nachricht hat.

JUTTA Barry, es klappt. Beeil dich – mein Wagen wartet draußen.

BARRY Bringst du mich zu Gus? Warum hast du es so eilig?

JUTTA Komm nur – ich werde dir alles erklären!

Flink läuft sie durch die Menschenmenge hindurch, weicht Entgegenkommenden geschickt aus und drängt Herumstehende, die sich unterhalten und ihr im Weg stehen, auseinander. Barry hat Mühe, sie im Auge zu behalten und ihr zu folgen.

Straßen von Santa Monica Nacht

Jutta und Barry kommen am Parkplatz in der Nähe des Hotels an. Dort steht Juttas Wagen. Der Chauffeur springt heraus, als er sie kommen sieht, öffnet die Tür zum Fond. Jutta treibt ihn zur Eile an.

JUTTA Beeil dich, Jimmy!

Der Wagen mischt sich in den Verkehr.

Leichtes Wiegen in den Kurven.

Barry sitzt tief in den weichen Massen der Polsterung. Er ist todmüde und kämpft mit dem Schlaf. Dann aber behalten seine Lebensgeister die Oberhand, und er wendet sich an Jutta, um sie um die versprochene Erklärung zu bitten.

BARRY Jutta, was ist nun eigentlich geschehen?

Jutta hört ihn nicht. Sie beugt sich nach vorn, zum Chauffeur und treibt ihn zur Eile an.

JUTTA Geht es nicht ein wenig schneller? Nimm die Abzweigung rechts, da kommen wir rascher voran!

Als Barry sie am Arm faßt, schüttelt sie seine Hand ungeduldig ab.

JUTTA Später, Barry, später!

Barry erholt sich langsam, gewinnt wieder Kraft und Initiative.

Der Wagen fährt beängstigend schnell.

Transmissionsraum Nacht

Der Fahrer lenkt den Wagen in das Sperrgelände der Sirius Transit ein. Diesen Bereich kennt Barry noch nicht – hier stehen mehrere Gebäude, fensterlos, länglich geformt, alle in dieselbe Richtung orientiert. Aus den flachen Dächern ragen seltsame Aufbauten heraus, ein turmartiges Strebenwerk, metallene Netze, riesige Richtantennen. Die Szenerie wird durch Scheinwerfer beleuchtet. Der zentrale Gebäudekomplex ist durch eine zusätzliche Umzäunung gesichert, im Inneren patroullieren Schutzleute mit Hunden.

Jutta und Barry verlassen den Wagen, und wieder bewegt sich die junge Frau im Laufschritt, so daß Barry ihr kaum folgen kann. Sie betritt eine Art Warteraum, die Einrichtung ist nüchtern, fast spartanisch. An einem niedrigen Tischchen sitzt ein Mann, der ihnen den Rücken zudreht. Einen Moment stutzt Barry: Ist es Gus? Doch da dreht sich der Mann um, es ist ein Fremder, er hat keinerlei Ähnlichkeit mit Gus.

JUTTA Das ist Virgil. Und das ist Barry – Gus' Bruder.

VIRGIL Freut mich, Barry. Gus hat mir oft von seiner Familie erzählt, und besonders von Ihnen, Barry. Sie müssen entschuldigen, daß ich Sie so einfach habe holen lassen. Ich werde Ihnen alles erklären. Doch wir wollen keine Minute verlieren – der Transmitter läuft bereits. Später haben wir Zeit genug, um uns zu unterhalten.

Barry tritt ein Stück zurück, trotz der Müdigkeit, die sich noch in seinem Gesicht abzeichnet, ist er nun wieder Herr seiner Sinne. Und er fühlt sich wieder stark und unternehmungslustig.

BARRY Einen Moment! Ich lasse mich doch nicht herumkommandieren wie ein Schuljunge. Ich möchte wissen, was hier gespielt wird! Vorher tue ich keinen Schritt.

Er läßt sich auf einem der Tischchen nieder.

JUTTA Aber Barry, du bringst unseren Zeitplan durcheinander!

Virgil macht eine beschwichtigende Handbewegung. Er blickt auf seine Armbanduhr.

VIRGIL Laß es, Jutta. Er hat recht. Auf zwei oder drei Minuten soll es nicht ankommen. Ich habe volles Verständnis für Barry. Er hat das Recht darauf, das Notwendigste zu erfahren.

Jutta zögert, dann nickt sie. Virgil hat sich gegenüber von Barry niedergesetzt, und auch Jutta nimmt Platz.

VIRGIL Sie haben zwei aufregende Tage hinter sich – ich bin darüber informiert. Aber bestimmte Gründe haben mich daran gehindert, sofort einzugreifen. Zum Teil liegt es auch an Ihnen – wir wurden von Ihrem Eintreffen völlig überrascht. Warum haben Sie sich nur nicht angemeldet?

Barry setzt zu einer Antwort an, doch Virgil bringt ihn mit einer Geste zum Schweigen.

VIRGIL Geschehen ist geschehen. Nun ist ja alles geordnet. Sehen Sie: Die Situation hat sich folgendermaßen entwickelt. Gus hat es schon vor Jahren nicht mehr hier ausgehalten. Sie müssen doch Ihren Bruder kennen: ein überaus aktiver Mann, dem nichts so verhaßt ist wie Schreibtischarbeit. Haben Sie im Ernst geglaubt, er versauert hier in einem Büro? Er hat das Projekt Sirius in Gang gebracht. Damit war die Arbeit hier für ihn erledigt. Es gibt jetzt nur noch einen Platz für ihn – Sie werden es erraten: der Sirius. Gus hat es keinen Tag länger hier ausgehalten, als unbedingt nötig war.

Barry nickt. Was Virgil da sagte, klang logisch.

VIRGIL Nun ist aber Gus das tragende Element unserer

Firma. Ihre Funktion ist völlig auf seine Person fixiert. Es ist gerade undenkbar: eine Sirius Transit ohne Gus Griffin. Die Konsequenz, die wir daraus gezogen haben, ist klar: Wir müssen verheimlichen, daß Gus die Erde verlassen hat. Es ist ein wenig stiller um ihn geworden – wir haben das mit einer erhöhten Arbeitslast erklärt. Von Zeit zu Zeit nehmen wir Videobänder auf, und diese spielen wir den Leuten vor. Und einige wenige Male hat sich Gus sogar dazu überreden lassen, für einige Tage hierher zurückzukommen und sich frisch in Erinnerung zu bringen – bei der Eröffnung des Feststadions, bei der Zehnjahresfeier der Sirius Transit.
Wie Sie selbst wissen, hat Gus seiner Arbeit alle persönlichen Dinge geopfert. Mit Werbepsychologen gemeinsam haben wir an seinem Image gebastelt, und wir haben einen besonders publikumswirksamen Lebenslauf entworfen. Nach diesem Konzept ist Gus ein Findelkind, das sich mit ungeheurer Energie aus schwierigsten Verhältnissen zum Gründer und Chef der mächtigsten Firma der Welt emporgearbeitet hat. Und nun stellen Sie sich vor – da kommt eines Tages ein Mann, der beweisen kann, daß er Gus Griffins Bruder ist!

Virgil läßt Barry ein wenig Zeit, um Folgerungen aus seinen Erklärungen zu ziehen. Nach einer Weile nickt ihm Barry zu.

BARRY Nun gut – ich will das akzeptieren. Aber was nun?

VIRGIL Wir haben uns mit Gus in Verbindung gesetzt. Es war gar nicht so einfach – bei dieser Entfernung! Außerdem war er nicht gleich aufzufinden – wie gewöhnlich befand er sich irgendwo in einem neu erschlossenen Landstrich. Es ist keine Stunde her, da traf seine Antwort ein: Er will Sie sehen! Wir haben ihm mitgeteilt, daß Sie einen Job auf dem Sirius wollen, und er will Ihnen diesen Wunsch erfüllen. Ich glaube, er hängt sehr an Ihnen.

BARRY Nun gut. Und was geschieht jetzt?

Jutta mischt sich ein.

JUTTA Wir müssen jetzt zur Transmissionsstation – es ist höchste Zeit.

Virgil steht auf.

VIRGIL Sie haben recht, Jutta, höchste Zeit!

Er wendet sich an Barry.

VIRGIL Es liegt nun an Ihnen – wir wollen Sie zu nichts zwingen. Es trifft sich gut, daß Jutta und ich sowieso zu einer Besprechung zu Gus müssen. Nun, Barry, wie entscheiden Sie sich?

BARRY In Ordnung. Ich komme mit.

Es sind nur wenige Schritte zur Station. Sie verlassen den Warteraum, gehen über den Hof und betreten eines der bunkerartigen Gebäude. Ein Vorraum, ein kurzes Gangstück – keine Sitzgelegenheiten, kein Mobiliar.

Am Eingang zur Transmissionskammer werden sie von zwei Technikern erwartet. Der eine öffnet die Tür, man überläßt Barry den Vortritt, und er steht in einem Raum, der bis auf Details identisch mit der Globorama-Kammer zu sein scheint.

Barry bleibt wie angewurzelt stehen. Plötzlich weiß er nicht mehr, ob er wacht oder träumt.

VIRGIL Was haben Sie, Barry?

BARRY Es ist doch keine Rakete! Selbst wenn ich nicht Pilot wäre – in den letzten Tagen...

Virgil tritt zu Barry, legt seine Hand beruhigend auf dessen Arm.

VIRGIL Haben Sie denn nie über das Problem eines Sirius-Flugs nachgedacht? Sind Sie sich der Entfernungen bewußt? Mit einem Raumschiff normaler Bauart, mit einer Rakete, würde die Übersetzung Jahrhunderte dauern. Auf diese Art hätten wir den Sirius nie erreicht! Wir verwenden völlig neue Methoden: Materietransmission.

Jutta stellt sich neben die beiden.

JUTTA *aufgebracht* Sie wollen doch jetzt keinen Vortrag über Physik halten, Virgil!

VIRGIL Gewiß nicht *er wendet sich wieder an Barry* – ich sagte ja schon: Später werde ich Ihnen alles erklären.

Noch immer zögert Barry:

BARRY Aber dieser Raum... Ich kenne doch eine Globoramakammer – dieser Raum sieht genauso aus...

VIRGIL *jetzt merklich ungeduldig* Sie meinen, daß dieser Raum einer Globoramakammer nachgebaut wäre? Es ist gerade umgekehrt: Das Globorama richtet sich nach dem Vorbild der Transmissionskammern. Darum geht es doch eigentlich: Jene Leute, die wir vom Dienst auf dem Sirius suspendieren müssen, weil sie krank oder verwundet wurden, holen sich im Globorama die Erinnerung an ihre große Zeit. Nun aber rasch Barry, sonst versäumen wir die Inzidenz.

Noch immer kämpft Barry mit sich selbst, doch dann überwindet er seine Zweifel und nimmt Platz. Die Techniker helfen ihnen beim Anlegen der Gurte und Helme.

TECHNIKER Alles O.K.?

VIRGIL Von mir aus kann's losgehen.

Auch die beiden anderen stimmen zu.

TECHNIKER Gute Fahrt!

Transmissionskammer Nacht

Das Licht flackert, erlöscht. Lichtpunkte steigen auf wie Luftblasen im Sekt. Die Perlenketten werden zu Streifen, das entstehende Zebramuster ruckt nach rechts, nach links, geht in einen steten Wellenschlag über. Die Bewegung wird schneller, die Lichtspuren verschwimmen an den Rändern, verfließen. Ein Weben und Wallen von Farbschleiern.

Verwirrende Eindrücke der Desorientierung. Vielstimmige, ruhige Klänge, fremdartige, aber harmonische Akkorde.

Barry fühlt eine ungeheure Anstrengung, ohne sie genau definieren zu können. Er sitzt erstarrt in seinem Stuhl – in einer Erstarrung, die nichts mit dem Andruck einer Rakete zu tun hat. Vielmehr ist ihm, als würde sein Körper aus dem Inneren heraus abgebaut, in winzige Teile zerlegt und Stück für Stück einer undefinierbaren Kraft überantwortet.

Er hat Mühe, den Vorgängen rund um ihn herum zu folgen. Er bemerkt, daß Virgils Kopf hinuntersinkt – er hat die Augen geschlossen, sein Gesicht ist fahl, er scheint ohnmächtig zu sein.

Neben Barry eine Bewegung, und wenn jener unter diesen Umständen noch einer Verblüffung fähig ist, spürt er sie jetzt: denn Jutta steht unbeschwert auf, mit langsamen, eleganten Bewegungen – wie in Zeitlupe kommt sie zu ihm, legt ihm die Hände an die Wangen, läßt sich auf seinen Knien nieder.

Beruhigende Kühle an Barrys Stirn.

JUTTA Armer Barry, was hat man mit dir getan! Hab' keine Angst, es geschieht dir nichts, ich passe auf dich auf, ich bin bei dir – ganz nah, fühlst du es?

Sie schmiegt sich an ihn, streichelt ihn, küßt seine Stirn, seine Augen, seinen Mund. Ihre Hände gleiten unter den Helm, streifen ihn ab. Barry hat keine Zeit, darüber nachzudenken, wie sie sich ihrer Gurte entledigt hat, wo sie ihren Helm gelassen hat. Ihr langes, weiches Haar streichelt ihn, es bedeckt sein Gesicht, verhüllt ihn wie Dunst. Noch immer ist die Zeit gerafft, es sieht aus, als sei da ein Wind, der mit Juttas Haar spielt, es hebt und senkt sich wie Spinngewebe.

JUTTA Komm Liebling, denk nicht nach, gib dich dem Augenblick hin, vergiß deine Zweifel und Ängste!

Ihre Hände gleiten über seine Schultern, nesteln an seiner Kleidung.

Angenehmes Gefühl von streichelnden kühlen Händen.

JUTTA *flüsternd* Hör auf zu grübeln! Wundere dich über nichts! Hier gelten andere Gesetze. Wir sind außerhalb des Raums, außerhalb der Zeit. Wir sind schwerelos, körperlos, frei. Es gibt nichts, was uns bindet oder trennt.

Sie drückt sich an ihn, die Stuhllehne gibt nach und sinkt tiefer. Jutta legt sich über Barry. Wieder küßt sie ihn hemmungslos. Über ihre Körper tanzen die Reflexe des Lichterspiels aus einer irrealen Welt ringsumher.

Starker erotischer Affekt.

JUTTA *flüsternd* Süßer, kleiner Barry! Du bist viel weicher als Gus. Siehst du ihm ähnlich? War er einmal wie du? Heute ist er hart. Man stößt sich an seiner Härte. Heute ist er grausam. Armer Junge, was werden sie mit dir tun?

Die Emotionen nähern sich rasch einem Höhepunkt.

Sie streichelt ihn immer noch, hastig, fast gewaltsam, und zwischen ihren atemlosen Worten drückt sie ihre Wangen an die seinen, tastet sein Gesicht mit den Lippen ab, küßt und streichelt ihn.

Ein langer Augenblick absoluter Ruhe.

Draußen treibende Nebel von glitzernden Körnern.

Felslandschaft Tag

Die drei Menschen in der Kapsel sitzen unbeweglich, in der Polsterung zusammengesunken. Barry ist der erste, der den Kopf hebt, lauscht...

Erste Eindrücke langsamen Erwachens. Es ist still hier – bis auf ein leises, kaum vernehmbares Plätschern.

Tageslicht fällt ein. Barry blinzelt, als er umherblickt. Durch die Klarsichtscheiben hindurch sieht er eine unberührte Landschaft: ein Uferstreifen, ein breiter, aber lebhaft dahinstrudelnder Fluß, ein Wald aus Lärchen oder Zedern, dahinter eine himmelhoch aufragende Felswand mit vorspringenden Felsabsätzen und Überhängen.

Nun erwachen auch Virgil und Jutta aus ihrer Ohnmacht. Sie

legen die Gurte ab, räkeln sich.

Barry fühlt sich frisch, als hätte er einen langen, erquikkenden Schlaf hinter sich.

VIRGIL Gut überstanden?

Die beiden andern nicken. Virgil drückt auf einen Knopf, worauf sich eine Tür öffnet und eine Metalleiter ausschwingt. Er steigt hinunter ins Freie. Jutta und Barry folgen ihm.

Sie blicken umher, atmen tief ein.

Würzige Luft, Geruch nach Harz und Lärchennadeln.

BARRY *flüsternd* Wunderbar!

Staunen, Ergriffenheit.

VIRGIL Der Sirius.

BARRY *stockend* Kaum zu glauben ... ich bin am Sirius.

Virgil blickt ihn lächelnd an.

VIRGIL Zufrieden?

BARRY Ich hätte nie gedacht ... Diese Landschaft – auf der Erde gibt es nichts Vergleichbares.

VIRGIL Vielleicht hat es auch auf der Erde einmal so ausgesehen. Heute haben wir dort keine unberührte Landschaft mehr. Aber hier! *Er atmet tief durch* Man muß es selbst erleben, um es zu erkennen: Das ist das Land, für das der Mensch gemacht ist. Und nicht die Betonwüste, die wir unsere Heimat nennen.

Er begleitet seine Worte mit einer Geste, die ins Unbestimmte weist.

Jutta macht einige Schritte hinunter zum Fluß; dort ist eine aus roh zugehauenen Brettern gezimmerte Anlegestelle über das Wasser gebaut. An einem Pflock befestigt ein Boot.

Barry kann es immer noch nicht fassen.

BARRY Unglaublich! Eben noch auf der Erde – und nun am Sirius. Wie lange haben wir gebraucht?

Jutta hat seine Worte gehört und kommt nun einige Schritte zurück.

JUTTA Du bist ein Materialist, Barry. Nun bist du endlich am Sirius, und du erkundigst dich nach technischen Daten. Niemand kann dir sagen, wie lang es gedauert hat. Es gibt kein Zeitmaß für den imaginären Raum.

Barry blickt Jutta in die Augen – er versucht ein Zeichen von ihr zu bekommen, eine Antwort auf die Frage, ob es wahr war, woran er sich erinnert, oder eine Illusion. Aber besteht im imaginären Raum ein Unterschied zwischen Realität und Illusion?

BARRY Und was nun?

VIRGIL Am schnellsten Weg zu Gus. Er wartet.

Er deutet auf das Boot.

VIRGIL Alles, was wir brauchen, ist vorbereitet.

Geruch nach verfaultem Holz und Wasser.

Jutta und Virgil springen hinunter ins Boot, und Barry folgt ihnen. Während Virgil das Seil löst, sieht er sich um. Es ist ein schnittiges Boot mit einem starken Außenbordmotor. Es hätte ohne weiteres zehn Personen fassen können. Am Heck ist ein kleiner Verschlag aufgebaut, von Zeltleinen überdacht, und darunter liegen einige Kisten und Bündel aufgestapelt.

Virgil zieht den Anlasser an, und nach einigen Versuchen springt der Motor tuckernd an.

Es ist ein unpassendes Geräusch in dieser Landschaft, in der es nur Wasserrauschen und Vogelsang zu geben scheint.

Rasch gewinnt das Boot an Fahrt, die Gischt sprüht auf, sie müssen sich gegen den Fahrtwind stemmen. Juttas Haar flattert im Wind, und wieder erinnert sich Barry an ein dunkles, traumhaftes Geschehen abseits aller denkbaren Wirklichkeit. Während Virgil das Boot steuert, setzt er sich neben sie auf eines der Querbretter, die als Sitzgelegenheiten montiert sind.

Die Szenerie, die sich ihren Blicken eröffnet, erscheint phantastisch – eher eine Inkarnation altüberkommener märchenhafter Vorstellungen einer von Menschen unberührten Welt, einer Landschaft des Friedens und der Unschuld. Nebelschwaden über dem Wasser, Gischt an Felsbarrieren, Sonnenreflexe in Regenbogenfarben. Bizarr ausgeschwemmte Felskulissen, die Schatten einzelner knorriger Bäume oben am Rand. Unbeschreibliche Grüntöne am Ufer und an Grasmatten an den Hängen. Nie geahnte Nuancen von Grau und Braun der Felspartien, gegen die Ferne zu blau verschattet, mit Silber überhaucht. Unglaublich klar die Sicht, eine Tiefe, die sich in die Unendlichkeit verliert. Die Staffelung von nah, mittel und fern, die Schärfe der Konturen, die Feinheiten der Palette – das alles läßt Erlebnisse von früher verblassen, Erinnerungen zu flachen, schemenartigen Klischees werden.

Das ist die Wirklichkeit, ja, das muß die Wirklichkeit sein!

Barry schaut umher, als gelte es, jede Einzelheit für immer in sich aufzubewahren.

Maximales Glücksgefühl.

BARRY Ich kann Gus verstehen. Wer das einmal gesehen hat…

JUTTA Siehst du – es wäre sinnlos, es beschreiben zu wollen.

BARRY Du kennst Gus gut?

JUTTA Ja.

BARRY Bist du seine… seine Freundin?

JUTTA Ja.

BARRY Aber…

JUTTA Was?

BARRY *zögernd* Nichts.

Die Felswände treten allmählich zusammen. Die Umgebung wird düsterer, das frische Grün der Pflanzen bleibt hinter ihnen zurück. Virgil hat Mühe, das Boot zu steuern – der Fluß ist reißender geworden. Er vollführt überraschende Wendungen, und dann prallt das Wasser mit Gewalt an die Felswände an.

Die Nässe der Gischt an Wangen und Händen.

Noch einige herausragende Felsnasen, einige Strudellöcher, dann ist die gefährliche Strecke vorbei, und vor ihnen öffnet sich ein ovaler Talkessel. Das Wasser fließt ruhig dahin, aber noch liegt das Bett 15 bis 20 Meter unterhalb des Schwemmlands, und sie fahren durch eine Schlucht tiefer Schatten dahin.

Barry wendet sich wieder an Jutta.

BARRY Warum bist du nicht bei Gus?

JUTTA *erstaunt* Was meinst du?

BARRY Warum bleibst du nicht bei ihm? Warum bist du

zur Erde zurückgekehrt?

JUTTA *zögernd* Das ist eine lange Geschichte.

BARRY Was ist mit Gus los? Wie ist er – jetzt? Ist er wirklich… hart und grausam?

Jutta blickt Barry erstaunt an.

JUTTA Gus ist ein wunderbarer Mann. Es gibt keinen so wie er. Aber gerade deshalb…

Sie stockt… lauscht…

In das tuckernde Geräusch des Motors mischt sich, kaum wahrnehmbar, ein Knattern.

Auch Virgil hat es gehört. Plötzlich sieht er beunruhigt aus. Mit einem Griff schaltet er den Motor ab, und so hören sie es deutlich…

Ein Knattern, manchmal vereinzelt, manchmal in Salven…

BARRY *unwillkürlich leise* Was ist das?

JUTTA *angstvoll* Dort, hinter der Biegung, ist Gus.

VIRGIL Er muß sich in Gefahr befinden!

Das Wasser fließt nur noch langsam dahin, aber trotzdem treiben sie allmählich ab. Virgil schiebt Barry ein Ruder zu und nimmt selbst ein anderes. Er befestigt es an einem Gelenk an der Seitenwand. Die beiden bringen das Boot ans Ufer, Barry springt heraus und versucht es noch ein Stück weiter an Land zu ziehen.

Sie befinden sich auf einem schmalen Uferstreifen, dahinter wölbt sich die Felswand des Flußbetts noch rund zehn Meter hoch. Virgil deutet nach vorn. Als er neben Barry tritt, sieht dieser, daß Virgil eine Maschinenpistole in der Hand hat.

VIRGIL Im Boot ist noch eine – holen Sie sie sich!

Barry gehorcht ihm. Dann gehen sie vorsichtig am Ufer entlang, vor jeder Felsnase haltend, um sich zu vergewissern, daß dahinter keine Gefahr lauert.

Emotionen der Spannung und Konzentration.

Wieder einmal spähen sie vorsichtig aus – und zucken zurück. Denn nur einige Dutzend Meter vor ihnen liegen drei Boote am Ufer. Sie sind von einem andern Typ als ihr eigenes; auffällig die Ausrüstung an Bordwaffen: ein Granatwerfer am Bug und je ein Maschinengewehr an der Seite. An Bord sieht man nur wenige Leute – Männer in braungelben Uniformen. Aber ein Stück weiter vorn, weiter oben am Hang, bewegt sich eine ganze Kette der Gelbgekleideten vorwärts auf einen Punkt zu. Dort vorn blitzt es von Zeit zu Zeit auf, dann folgen meist einige Salven aus MG-Nestern, die die Angreifer hinter Felsblöcken errichtet haben.

JUTTA *erregt flüsternd* Sie greifen Gus an! Dort muß er sein – hinter dieser Felsbarriere.

BARRY Wieviel Leute sind bei ihm?

JUTTA Er ist allein.

BARRY Was geht hier vor? Was sind das für Leute?

VIRGIL *ungeduldig* Was soll die Fragerei? Wir müssen etwas tun! Hilfe holen. In der Kapsel haben wir ein Funkgerät – wir müssen zurück!

Barry packt ihn am Arm, schüttelt ihn.

BARRY Sie wollen sich davonmachen! Gus im Stich lassen?

Virgil reißt sich von Barry los.

VIRGIL Sind Sie wahnsinnig? Wollen Sie es mit einer solchen Übermacht aufnehmen?

BARRY Und Gus? Hat er es nicht mit einer Übermacht zu tun?

VIRGIL Gus hat einen guten Platz gefunden, um sich zu verteidigen. Er wird die andern noch eine ganze Weile aufhalten. Wenn ich mich beeile, dann kann ich ihm vielleicht helfen. Flußabwärts geht es schnell. Mit ihren Helikoptern werden unsere Leute in wenigen Minuten da sein. Und Sie stehen herum und stellen sinnlose Fragen!

Er läuft zum Boot zurück.

VIRGIL *ruft Jutta zu* Wollen Sie auch hier bleiben – beeilen Sie sich, kommen Sie!

Jutta zögert einen Moment, dann blickt sie zu Barry hinüber.

JUTTA Ich bleib hier.

Virgil stößt einen Fluch aus.

Er erreicht das Boot, springt hinein, stößt sich mit einem Ruder ab. Er läßt sich ein Stück treiben, dann läßt er den Motor an und braust, eine Wolke von Gischt hinter sich nachziehend, über das Wasser davon.

Barry und Jutta blicken ihm kurz nach, dann dreht sich Jutta zu Barry.

JUTTA Und was nun?

Barry schleicht noch einmal vorsichtig zur Felskante vor, erkundet die Lage, kehrt zu Jutta zurück. Jede Spur von Nachdenklichkeit oder Unentschlossenheit ist aus seinem Gesicht gewichen. Seine Züge scheinen härter geworden zu sein. Er sieht nicht nur entschlossen aus, es hat direkt den Anschein, daß es ihm Freude macht, aktiv zu werden, eine Aufgabe zu haben.

Volle Anspannung aller Kräfte, überwältigendes Lebensgefühl.

BARRY *leise* Ich will versuchen, mich zu Gus durchzuschlagen. Zwei können mehr ausrichten als einer.

Er schlägt mit der Hand auf den Kolben der Maschinenpistole.

JUTTA Und ich?

BARRY Virgil hat seine mitgenommen. Du kannst nichts tun. Bleib hier. Am besten, du beobachtest, wie sich das Geschehen entwickelt. Vielleicht finden wir einen besseren Platz zur Verteidigung, vielleicht können wir fliehen. Wenn uns jemand zu Hilfe kommt, dann kannst du ihn einweisen. Aber laß dich ja nicht sehen!

Barry tritt einige Schritte von der Felswand hinweg, blickt hinauf, mustert sie abschätzend. Dann hängt er sich die Maschinenpistole am Riemen um und macht sich daran, hinaufzuklettern. Es ist leichter, als er gedacht hat, denn die vom fließenden Wasser herauspräparierten Gesteinsschichten bilden natürliche Leisten und Stufen.

Vorsichtig schiebt er sich über die oberste Kante hinweg. Er stellt befriedigt fest, daß er hier gute Deckung hat, daß wirklich eine Chance besteht, von der Seite her in die Nähe seines Bruders zu kommen. Tief gebückt läuft er vorwärts – er hat gesehen, daß sich die Linie der Angreifer inzwischen ein ganzes Stück auf Gus zubewegt hat. Er hat aber auch festgestellt, daß sich ihre Reihe allmählich lichtet – einige Körper in gelben Uniformen liegen reglos am Boden. Gus hat gut gezielt.

Von Felsblock zu Felsblock springend, hinter Büsche geduckt, den leicht ansteigenden Hang bis zur Felswand nach vorn – er hat Glück, bisher hat ihn niemand bemerkt.

Und nun kommt der schwierigere Teil: die Wand entlang, wo es keine gute Deckung mehr gibt, allenfalls einige herabgestürzte Felstrümmer da und dort. Barry läuft vor, wirft sich hin, läuft vor... Gut, daß sich die Aufmerksamkeit der Gelben auf Gus konzentriert. Barry kommt langsam näher – es sind nicht viel mehr als 50 Meter bis zu seinem Bruder.

Barry ist vorsichtig, seine Aufmerksamkeit läßt keinen Augenblick nach, obwohl er ein immer stärkeres Glücksgefühl verspürt, die Erwartung der Überraschung, die er Gus bereiten wird, die Erfüllung eines lang gehegten, heimlichen Wunsches: einmal nicht in seinem Schatten zu stehen, einmal etwas Großes für ihn zu tun.

Noch ein Sprung von einem Felsblock zum andern... Nun kann Barry über eine Reihe niedriger Büsche hinwegsehen. Gegen die Männer in den gelben Uniformen ist er gedeckt, doch das Blickfeld zu Gus ist frei geworden. Und nun befindet er sich schon nahe bei ihm – und niemand würde das Zusammentreffen mehr verhindern können. Und selbst wenn sie gemeinsam im Kugelhagel der Gelben umkommen würden, so hätte er diesen einen, einmaligen Augenblick erlebt.

Gus konzentriert sich auf eine Reihe der fremden Männer dort unten, nur von Zeit zu Zeit schweift sein Blick nach rechts und links – er darf nicht vergessen, daß er auch von der Flanke her verwundbar ist. Barry richtet sich ein wenig auf, winkt Gus zu. Sie sind so nahe, daß er ihn gut erkennen kann, und Gus soll wissen, daß Barry da ist. Barry – aus unvorstellbarer Ferne gekommen, um ihm zu helfen, ihn zu retten...

Unbeschreibliches Glücksgefühl in der Erwartung des Wiedersehens.

An einer leichten Regung von Gus merkt Barry, daß ihn dieser gesehen hat. Einen Moment lang dreht er ihm das Gesicht zu, und gleichzeitig schwenkt das Gewehr... Barry sieht das Mündungsfeuer aufblitzen, spürt einen Schlag unterhalb des Schlüsselbeins und hört den Knall. Es reißt ihn zur Seite, er gleitet ein Stück abwärts, liegt im Gras. Er tastet nach seiner Schulter, fühlt eine klebrige Flüssigkeit. Seine Hand ist rot, als er sie vor die Augen hält. Blut – sein eigenes.

Leichte Betäubung, der Schmerz nur geringfügig.

Barry weiß, was geschehen ist: Gus hat ihn für einen Angreifer gehalten. Er konnte nicht wissen, daß er es war – Barry. Sein Auftauchen zu dieser Zeit an diesem Ort, war so unwahrscheinlich, so unglaublich, daß Gus einfach nicht damit rechnen konnte. Er sah einen Mann, der sich anschlich, und er schoß.

Barry ist ein wenig erstaunt darüber, daß er nur einen leichten Schmerz empfindet.

Er versucht sich zu bewegen, und es gelingt. Er steht auf, spürt eine zitternde Schwäche in den Beinen... Er wird Blut verlieren, und er wird noch schwächer werden. Aber er hat noch eine Frist, und diese will er nutzen.

Eine Reihe klatschender Geräusche an der Felswand über ihm.

Jetzt sind sie also auf ihn aufmerksam geworden – vielleicht durch den Schuß von Gus, vielleicht durch das Geräusch, das er beim Fallen verursacht hat. Nun braucht er sich nicht mehr zu verbergen. Er nimmt das Maschinengewehr von der Schulter, bringt es in Anschlag. Gegen seinen Standpunkt sind die Männer nicht gedeckt, und so hat er mit seiner ersten Salve freies Schußfeld. Und zu seiner Genugtuung stellt er fest, daß er treffen kann. Im ersten Moment ist nicht zu unterscheiden, wieviele verwundet sind oder tot und wieviele sich nur niedergeworfen haben, um in den Wellen des Geländes Schutz zu suchen. Dann springen einige auf, rennen zu Felsstufen oder Büschen, um sich zu decken. Fast die Hälfte aber bleibt liegen.

Nun muß auch Gus bemerkt haben, daß es kein Angreifer ist, der von der Seite herankommt. Und Barry sieht, daß Gus nun häufig zu ihm hinüberblickt, und er hebt die Hand, um ihm zu winken. Und Gus winkt zurück! Für diesen Gruß hat sich alle Mühe gelohnt!

Unbedingte Zuversicht, glasklare Wachheit.

Plötzlich hört er Befehle in einer fremden Sprache und schrilles Geschrei.

Es sind noch immer fast 20 Männer, die plötzlich zum Sturmangriff ansetzen. Ein Teil von ihnen stürmt auf ihn zu, ein Teil auf Gus. Beide jagen Salve auf Salve aus ihren Maschinengewehren auf die anrennenden Männer, doch wird es immer schwieriger zu zielen, denn diese tauchen nun von allen Seiten auf. Nun hat es keinen Sinn mehr, auf Deckung zu achten. Barry springt auf, gibt noch einen Feuerstoß ab, läuft dem Platz von Gus entgegen... Er wirft sich noch einmal hin, schießt, springt wieder auf... Aus dem Augenwinkel heraus erkennt er, daß nur noch wenige der Angreifer unversehrt sind.

Ein paar Meter noch trennen ihn von Gus. Zwei Männer laufen auf diesen zu, doch sie brechen zusammen, von den Geschossen getroffen. Und einer taucht vor Barry auf, doch auch er kommt nicht weit... Er bleibt einen Moment lang erstarrt stehen und fällt dann hintüber den Hang herab. Das war der letzte der Feinde.

Barry richtet sich auf. Er fühlt, wie ihn seine Kraft verläßt.

Seine Beine bewegen sich automatisch, und er hat das Gefühl, den Boden nicht mehr zu berühren, zu schweben. Er ist blutverschmiert, seine Kleider sind zerrissen, das Maschinengewehr fällt ihm aus der Hand, und doch ist das der absolute Höhepunkt seines Lebens. Er lebt noch, und Gus lebt noch, und Barry ist es, der ihn gerettet hat. Gus streckt ihm die Hände entgegen, doch ehe er ihn berührt, wird es Barry schwarz vor den Augen, und er bricht besinnungslos zusammen.

Emotionen, abklingend, in einer dunklen Stille mündend.

Der Abschluß der Grundschule war ein großes Ereignis für Barry – nicht, weil er großjährig wurde, nicht weil er aus dem Kreis der Familie hinaustrat und die beengten Verhältnisse der bürgerlichen Wohngemeinschaft verließ. Worauf er hingearbeitet hatte, was die Wunschvorstellung hinter seinen Anstrengungen war, was ihn aus einer gewissen Gleichgültigkeit und Nachgiebigkeit heraus zu zielgerichteter Arbeit getrieben hatte – ob er es sich nun eingestand oder nicht –, das war die Aussicht gewesen, wieder mit Gus zusammen zu sein.

Er kam einige Tage zu früh im Campus an, hatte Zeit, um alle Formalitäten in Ruhe zu erledigen: die Einschreibung, den Gesundheits- und Charaktertest, die Einweisung in ein Studentenheim – wo er ein winziges, aber immerhin ein eigenes Zimmer bekam –, die Aushändigung diverser Marken, Ausweise und Berechtigungsscheine für Essen und Trinken, für die collegeübliche Einheitskleidung, für Lernbehelfe und Turngerät. Er lernte mehrere Jungen und Mädchen kennen, die er recht sympathisch fand, ohne sich ihnen enger anzuschließen, er streifte durchs Gelände, sah sich die Hörsäle und Laboratorien, die Konzerthallen und Theaterbühnen, die Sportplätze und Schwimmstadien an – und wunderte sich über die Ausdehnung des Areals, einer isolierten Zone inmitten der aus den Nähten platzenden Stadt, ein Landstrich ohne Hochhäuser, ohne das Netzwerk der Hochbahnstützen, ohne Antennen und Sendemasten... Fast unbehindert konnte man den grauen Himmel sehen, man hatte das Gefühl, eine reinere Luft zu atmen, und dachte fast an einen Garten – denn entlang der Wege waren in kurzen Abständen runde Bottiche aus Beton eingelassen, in denen echte Grünpflanzen wuchsen – Züchtungen aus dem »Institut für Mutationsforschung«, das zum College gehörte. Im Inneren des Geländes gab es keine maschinenbetriebenen Fahrzeuge, keine Autos oder Elektrokarren, keine Motorräder oder Schwebefahrzeuge. Das einzige künstliche Fortbewegungsmittel war das Fahrrad; dafür war ein dichtes Netzwerk eigener Wege angelegt worden, und fast alle Studenten bewegten sich ausschließlich mit ihren Treträdern, die man am Ziel stehenlassen konnte, um sich, wenn man den betreffenden Ort wieder verlassen wollte, mit einem beliebigen anderen, das dort abgestellt stand, zu versorgen. Barry lernte es bald, sich sicher auf einem solchen Fahrzeug zu bewegen, und bald war es für ihn so selbstverständlich wie für alle anderen, auch kürzeste Wege mit dem Fahrrad zurückzulegen.

Insgeheim war er ein wenig enttäuscht, und vielleicht war das der Grund dafür, daß er sich an keine der Gruppen anschloß, die sich hier in diesen Tagen zusammenfanden – Gelegenheit dazu gab es genug, denn in diesen Tagen trafen Tausende von Gleichaltrigen ein, die so wie Barry ihre Prüfungen bestanden hatten und für eine technische Ausbildung als geeignet befunden worden waren. Die Enttäuschung, die sich Barry nicht eingestand, ging darauf zurück, daß er noch nicht mit Gus zusammengetroffen war. Nicht vielleicht, daß er erwartet hatte, Gus würde ihn aufsuchen und begrüßen – das wäre nicht in seiner Art gelegen –, aber im Stillen wartete er darauf, daß der Bruder einmal mehr oder weniger beiläufig vorbeikommen würde, ihm auf die Schulter klopfen und einige Worte sagen, vielleicht »Da bist du ja, Barry!« oder »Schön, daß wir wieder beisammen sind!« Schon zu Hause, nach bestandener Prüfung, hatte er darüber nachgedacht, ob er Gus schreiben sollte oder nicht, und nach einigem Zögern hatte er es getan, ihm seine Ankunft gemeldet. Nun bereute er das plötzlich, und er wünschte sich, er hätte es unterlassen oder der Brief wäre nicht angekommen.

Und dann traf er Gus doch noch: eines Abends, nach dem Essen, als die meisten Studenten zur Freilichtbühne hinüberfuhren, wo es in den Tagen der Inskription täglich Musik- und Tanzveranstaltungen gab; meist waren es aus Studenten gebildete Jazz-Bands, die hier aufspielten. Gerade als Barry sein Fahrrad abstellte, kam Gus dahergeschlendert. Er hatte ein Mädchen bei sich, das so gut aussah, daß es Barry fast die Sprache verschlug. Gus erblickte ihn, trat auf ihn zu, legte ihm die

Hand auf die Schulter und sagte »Hallo, Barry! Schön, daß du da bist! Wir sehen uns später.« Er nickte ihm zu und verschwand in der Menge. Es war so schnell gekommen und wieder vorbeigegangen, daß es Barry kaum bewußt erleben konnte. Erst nachher wurde er sich darüber klar, was geschehen war, und er merkte, daß er fast außer sich war vor Freude.

Gus war dem Lehrbereich Flugtechnik und -organisation zugeteilt worden und träumte davon, Raketenpilot zu werden. Dieser nächste Schritt der Spezifikation, die Einweisung in technische Lehrbereiche, stand Barry erst in zwei Jahren bevor; zunächst einmal mußte er die allgemeine Techniker-Ausbildung hinter sich bringen. Trotzdem versuchte er seine spätere Laufbahn jetzt schon anzuvisieren... Es gab da bestimmte Tricks, deren Kenntnis unter den Studenten kursierte, beispielsweise das Verhalten bei psychologischen Tests. So deutete er beispielsweise die Assoziationsfiguren, die ihm zum Interpretieren vorgelegt wurden, als Sternschnuppen, dahinziehende Wolken, Vögel und Flugzeuge und konnte sicher sein – obwohl er das Ergebnis nicht erfuhr –, daß man ihm eine Vorliebe für die Luftfahrt und den Flugverkehr zuschrieb. Sein Interesse am Fliegen war aber nicht nur durch das Vorbild von Gus bedingt, sondern ging tiefer. Vielleicht spielte dabei die Zeit eine Rolle, als er die ersten Schritte aus der elterlichen Obhut unternommen hatte, als er sich zum erstenmal von den Fesseln der Alltäglichkeit befreit fühlte und die donnernd aufsteigenden Raketen, die er vom Flugplatz aufsteigen und am Nachthimmel verschwinden sah, als Symbole einer irgendwo in unbestimmter Ferne verheißenen Freiheit empfunden hatte. Diese Flugzeuge, diese Raketen – es waren Werkzeuge, mit deren Hilfe man gewissermaßen mit einer einzigen Kraftanstrengung, mit einem Sprung über alle Hindernisse und Schranken hinwegkommen konnte und eine Welt erreichen, die ganz anders war, wenn auch niemand genau wußte, worin der Unterschied lag.

In die Hochschule für technische Berufe kamen nur jene, die aufgrund von Prüfungen und Tests überdurchschnittliche Fähigkeiten nachgewiesen hatten. Dementsprechend viel wurde auch von ihnen verlangt. Besonders die erste Zeit, in der er sich auf die neue Lebensweise, die neuen Aufgaben umstellen mußte, erforderten Barrys volle Konzentration, und mit Genugtuung merkte er, daß er auch fähig war, die erwarteten Leistungen zu bringen. War die Grundschule ein riesiges Laboratorium gewesen, so war das College eine Fabrik. Es gab alle erdenklichen Hilfsmittel des computerunterstützten Unterrichts, Keyboards, Tastaturen, Mikrophone und Videokameras; Bildschirme, Projektionswände, Schnelldrucker und Lautsprecher; Dialogsysteme für verbale, auditive, graphische und symbolische Ein- und Ausgabe. Dahinter stand ein kompliziertes System von Computern, die jeden einzelnen Lernschritt in einer noch weit intensiveren Weise überwachten, als das früher in der Schule geschehen war. Dementsprechend differenziert waren auch die Anweisungen, die an die Studenten ergingen, und es bedurfte gehöriger Konzentrationsfähigkeit und Ausdauer, um pausenlos reaktionsbereit und produktiv zu sein. Sie arbeiteten einzeln und in Gruppen, mit Selbstlehrgeräten und im Konkurrenzverfahren. Es wurde ein hoher Grad von Selbständigkeit von ihnen verlangt, die Einsicht in die Methode, aktive Teilnahme an didaktischer Erprobung und Erfolgstestung, Validierung von Zwischenergebnissen und – ein wichtiges Moment in der modernen Methode – eine hohe Erfolgsquote in der Selbstbeurteilung, ausgedrückt durch einen hohen Korrelationsfaktor zwischen Erwartungswert und Resultat. Vorgabe von Lernzielen, eigenständige Auswahl des Basiswissens, Definitionen und Voraussetzungen, Zwischenziele, Wahl der Methodik, Modell, Schema, Simulation, Ordnung und Organisation, Differenzierung der Lerneinheiten, Gedächtnistransfer, Superierung, erste Testphase, Validierung, zweite Testphase, Revision, Erfolgskontrolle, gelungener Abschluß...

Barry wunderte sich darüber, daß es so viele Dinge zu lernen gab, die mit Technik nichts zu tun hatten, Reaktionsweisen des Menschen, Informationsübertragung, Motivationslehre, soziales Verhalten, Wertesysteme, psychologische Führung und

Kontrolle. Erst allmählich erkannte er, daß Technik keine isolierte Erscheinung ist, daß sie nur in Wechselwirkung mit Menschen verständlich und sinnvoll wird und daß es wichtiger ist, zu wissen, wie sich der Mensch seiner technischen Hilfsmittel bedient, als den physikalischen Mechanismus der Geräte zu kennen. Ein wenig erstaunt stellte er fest, daß das Einverständnis über die für den Menschen verbindlichen Werte – Glück, Freiheit, Gesundheit usw. – so uneingeschränkt und gefestigt war. Er empfand ein gewisses Unbehagen über diese Art der Bevormundung, die damit – ohne das Wissen der Betroffenen – ausgeübt wurde, mußte aber schließlich, indem er sich selbst beobachtete, erkennen, daß es auf der Ebene der Wünsche und Zielsetzungen zwischen ihm und den anderen kaum Unterschiede gab, und daß allenfalls eine gewisse Ungewißheit darüber bestand, auf welchem Weg man dieses oder jenes Ziel am besten erreichen konnte.

Manchmal versuchte er darüber mit Gus zu sprechen, den er gelegentlich traf – beim Essen, bei Sportveranstaltungen oder an Tanzabenden – und der nichts dagegen zu haben schien, daß sich ihm Barry anschloß. War Gus mit anderen zusammen, dann hielt sich Barry in dem Hintergrund und war damit zufrieden, den Diskussionen der Älteren und Erfahreneren zuzuhören. Ergab es sich, daß er Gus allein antraf, dann kam es auch hin und wieder zu einem Gespräch, und so selten das auch der Fall war, so waren es doch ganz wichtige Ereignisse in Barrys Leben. Barry hatte Gus immer als den Überlegenen, den Selbstsicheren, den Unbeirrbaren gesehen, und in der Gemeinschaft mit den anderen war er das nach wie vor. Bei den Unterhaltungen mit Barry jedoch klang gelegentlich eine Skepsis durch, eine Unzufriedenheit, die nichts mit der Schule, den Kollegen, den Aussichten und Erfolgen zu tun hatte, sondern in recht allgemeiner und dunkler Weise Dinge tieferer Bedeutung betraf – Fragen nach dem Sinn und dem Verhalten, um ihm gerecht zu werden. Barry verstand nicht alles, was Gus sagte, und er konnte nicht beurteilen, ob es stimmte oder nicht; er zweifelte aber nicht daran, daß es ernsthafte Fragen waren, die hier anstanden, Fragen, die er sich selbst schon oft genug gestellt hatte, ohne sie im Einzelnen zu formulieren. Er war ein wenig erstaunt, vielleicht sogar enttäuscht darüber, daß auch der Bruder keine Antwort wußte, aber gerade deshalb fühlte er sich ihm umso näher.

Erst im zweiten Jahr seiner Collegezeit ergab sich für Barry wieder Gelegenheit, öfter mit Gus zusammen zu kommen. Nur eine Fahrstunde mit der Untergrundbahn vom Collegegelände entfernt lag eine Schule für Drachensegler, die Gus an den Wochenenden besuchte. Als er von den Ein-Mann-Konstruktionen zu den etwas größeren für zwei Mann Besatzung übergehen sollte, fragte er Barry, ob er Lust habe, sich zu beteiligen, und dieser sagte selbstverständlich zu.

Die Segler-Schule befand sich in einem Natursportpark. Aus den Schlacken einer Müllverwertungsanlage hatte man eine künstliche Berglandschaft aufgebaut, weitaus vielfältiger als die alten Berge dieses Landesteils, die längst abgetragen oder überbaut worden waren. In unmittelbarer Nachbarschaft waren hier verschiedenste sportliche Betätigungsmöglichkeiten geboten, vor allem Bergsteigen, Skilaufen, Kajakfahren und Drachensegeln. Aus Beton waren Hänge und Wände errichtet, gestuft oder auch glatt, in denen man sich Routen sämtlicher Schwierigkeitsgrade auswählen und stundenweise mieten konnte. Von nahegelegenen Aussichtsplätzen aus konnte das Publikum die Kletterer beobachten, die sich mit Seilen und Hakentechnik die Steilstrecken und Übergänge emporarbeiteten. Unten waren Netze gespannt, um Abstürzende aufzufangen.

Prächtig waren auch die Skiabfahrten, die Hänge zu allen Jahreszeiten mit Schnee bedeckt, der jede Nacht frisch aufgetragen wurde und durch ein darunter angelegtes Kühlröhrensystem auf niedrige Temperaturen gehalten blieb. Tausende fuhren in Abständen von zehn Metern entlang der Leitschienen die Halden entlang, um dann unten in riesigen Bergen von Schaumgummi zu landen. Die geübten Skifahrer aber konnten freie Pisten benutzen, in denen sie in ihren windschlüpfrigen Anzügen Geschwindigkeiten bis zu 150 Kilometer pro Stunde erreichten.

Ein riesiger Kran stand bereit, um Gestürzte in Sekundenschnelle aufzuheben und in einen mit laufendem Motor wartenden Rettungswagen zu hieven, ehe der nächste Abfahrer die Piste hinunterkam.

In das Bergmassiv waren tiefe Schluchten eingelassen, durch die sprudelndes und gischtendes Wasser schoß. Es mündete in ein großes Becken, von dem es durch eine Steigrohranlage wieder in die Höhe gepumpt wurde. Es war ein Paradies für Kajaksportler, die sich in einer zwanzig Minuten währenden Schußfahrt um die verschiedensten raffiniert angelegten Hindernisse und Ecken herumtreiben lassen konnten. Die Unfallwahrscheinlichkeit war auf ein Prozent kalkuliert, so daß die zahlreichen Zuschauer, die mit Fotoapparaten auf den zahlreichen Brücken standen, auf ihre Kosten kamen. Trotz der vorgeschriebenen Schutzkleidung gab es manchmal Verwundete und gelegentlich auch Tote – man mußte sie in Kauf nehmen, denn zahlreiche sportwissenschaftliche Untersuchungen hatten ergeben, daß mit einer 100%igen Unfallsicherheit das Interesse an der betreffenden Sportart erlischt.

Die reizvollste Art der sportlichen Betätigung aber war zweifellos der Drachenflug, die freie Schwebefahrt hoch über dem phantastischen Bergmassiv, von jeder Materie, ob natürlich oder künstlich, gelöst, aus dem Dunst der obersten Schichten herabtauchend, schwerelos, vom leicht dahinkurvenden Flugapparat getragen, tief in den Polstern sitzend wie in einer Wiege und doch rundherum offen, die Sicht nur durch die paar Drahtseile der Verspannung behindert.

Gus hatte den Flugschein dritten Grades, der es ihm erlaubte, Flüge im Doppelsegler auch mit Ungeübten zu unternehmen. Ganz passiv durfte sich der Mitfahrer allerdings auch nicht verhalten – ob sich der Flugkörper in sanften Kurven durch die Luftströmung wand, ob er stickigen Rußwolken rasch ausweichen konnte, ob er sich gefühlvoll von Aufwinden tragen ließ... Das alles hing nicht zuletzt davon ab, ob der Mitfahrer den Piloten aufs Wort gehorchte, ob er sich mit ihm verstand, ja – ob er seine Anweisungen vorauszuahnen vermochte und sich nach ihnen richtete, noch ehe sie gegeben waren. Gus hatte es mit einigen Kollegen, die man ihm zugeteilt hatte, versucht, doch keiner war so auf ihn eingestimmt wie Barry, und so fanden sie sich viele Wochenenden hindurch immer wieder zusammen, um das Hochgefühl des Fliegens und Schwebens auszukosten.

Freilich, die Begeisterung der ersten Segelflüge ging nach und nach verloren, es genügte ihnen nicht mehr, ruhig zu Tal zu fahren, ihre Blicke über die Häuserblöcke schweifen zu lassen, die dort unten klein, unwichtig und verstaubt lagen. Bald fanden sie ihr Vergnügen eher darin, immer verwegenere Kurven auszuführen, kurze Strecken im Sturzflug zurückzulegen, um dann, mit Hilfe der so gewonnenen Geschwindigkeit, wie auf einer ansteigenden Rollbahn wieder hinaufzufahren, erneut Höhe zu gewinnen und dieses Spiel möglichst oft zu wiederholen. Ihre Freude daran gewannen sie dann eher an der erworbenen Sicherheit, der Beherrschung der Apparatur, der Annäherung an gezogene Grenzen.

Unter den Einschränkungen, denen sie unterworfen waren, empfanden sie insbesondere die Beschränkung auf einzelne Sektoren als ärgerlich. So, wie sie nun den Flugapparat beherrschten, hätten sie weitaus längere Flüge durchführen können – Gus meinte sogar, daß es unter geschickter Ausnützung der Aufwinde möglich sein sollte, beliebige Distanzen zu überwinden – man mußte einen solchen Flug nur gut vorbereiten. Im Notfall aber stand immer noch das Hilfsdüsensystem für Notsituationen zur Verfügung; bei einigen Übungsfahrten hatten sie es ausprobiert und festgestellt, welche Kraftreserven hier ungenützt schlummerten. Und obwohl sie solche Unternehmungen stets nur als spielerisch ausgemalte Situationen behandelten, wurde dieses Projekt immer konkreter und verlor seinen Charakter als Utopie; hier handelte es sich um eine Unternehmung, die nur noch eines besonderen Anstoßes bedurfte, um Wirklichkeit zu werden.

Dieser Anstoß, ein Moment, in dem das Freiheitsbedürfnis alle Bedenken und Befürchtungen übertrumpfte, trat ein, als Gus seine zweijährige technische Spezialausbildung hinter sich gebracht hatte und den Berechtigungsschein zur Spezialisierung als Raketenpilot in Händen hielt. Für Gus bedeutete das einen neuen Lebensabschnitt, den Beginn einer Zeit, in der alle seine Wünsche in Erfüllung gehen sollten, eine Zeit, in der er endlich zeigen konnte, was er vermochte, wozu er fähig war... Dem College war er entronnen, seiner streng gefügten Ordnung, den unzähligen Vorschriften und Einschränkungen; für ihn galten sie nicht mehr. Für Barry bedeutete es etwas ganz anderes – vor allem eine neuerliche Trennung von Gus. Ihm standen noch die letzten Prüfungen und Tests vor dem Erreichen des Abschlusses bevor, ehe er in die nächste Phase der Ausbildung trat, die Gus eben hinter sich gebracht hatte. Doch die Begeisterung von Gus übertrug sich auf ihn, gerade in letzter Zeit waren sie sich wieder näher gekommen, und Barry war sicher, daß es sich nur um eine kurze Trennung handeln würde, eine Zeit, die rasch vorübergehen würde wie alle jene Abschnitte seines Lebens, die er ohne den großen Bruder verbracht – und hinter sich gebracht hatte.

Ein letztes Mal ließen sie sich durch den Lift auf den Gipfel des künstlichen Bergmassivs tragen, legten ihre Montur an, setzten die Helme auf, traten auf die Rampe hinaus und ketteten sich an die Hängesitze ihres Seglers. Gus gab das Zeichen, und der Haken, an dem der Flugkörper hing, setzte sich in Bewegung, schnell und immer schneller, bis er am Abbruch ausklinkte und sie wie ein dem Schiffsrumpf entkommenes Torpedo in den freien Raum hinausgeschleudert wurden. Hier oben lag immer Dunst, doch an diesem Tag stand die Smogdecke ziemlich hoch, und so konnten sie schon in den ersten Minuten ihres Flugs hin und wieder zwischen schwarzen Rußwolken, gelben Schwefelschwaden, den Aerosolstreifen aus Öltröpfchen und aufsteigenden Wirbeln von Aluminiumoxidstaub aus den Bauxitwerken tief hinunter auf die quadratisch gescheckte Stadtregion sehen, weit hinüber zum Horizont, auf den sie in Richtung Südsüdwest zusegelten. Viel zu rasch näherten sie sich der Grenze ihres Sektors – sie erreichten ihn in weitaus höherer Position, als zugelassen war. Sie brauchten sich nicht miteinander zu verständigen, um darüber einig zu sein, daß der große Flug, über den sie nie als etwas Realisierbares gesprochen hatten, Wahrheit werden sollte. In den dazu nötigen Handlungen verhielten sie sich völlig synchron, und es bereitete ihnen keinerlei Mühe, den nächsten von Gus anvisierten Bereich von Aufwinden zu finden, über einem nuklearbetriebenen Fernheizwerk, von dessen Kühltürmen erwärmte Luft aufstieg, als leichtes Flimmern in der Durchsicht zu erkennen. Wie sie erwartet hatten, reichte der Auftrieb durchaus aus, um sie die verlorene Höhe ausgleichen zu lassen; wären sie schließlich nicht wieder an den unteren Rand der Smogschicht gekommen, dann hätten sie sich noch weitaus höher hinaufschrauben können. So aber schwenkten sie aus ihrer Kurvenfahrt aus und nahmen wieder Richtung nach Südsüdwest.

Solang sie sich über der Stadt befanden, gab es immer wieder Industrieanlagen, von denen starke Wärmeströme ausgingen, aufsteigende Luft und Abgase, die alles, was sie erfaßten, mit in die Höhe rissen. Oft genug waren auch Staubmassen darunter, Aschenteile, Körnchen, mit Öl verklebt, Nebeltröpfchen verschiedenster chemischer Abfallstoffe, doch Gus und Barry ließen sich weder durch Hustenreiz noch durch Erstickungsgefühle davon abhalten, den ihnen gebotenen Aufwind bis zur Grenze der Vernunft auszunützen.

Und dann erreichten sie das freie Gelände, eine Landschaft, in der es keine Häuser mehr gab, in der riesige Ödlandflächen leer und brach dalagen, in dem sich Bäche und Flüsse wild und ungezähmt ihr Rinnensystem schufen, in denen sich Berge aufwölbten, in die keine Straßen und Wege führten, die nicht von Luft- und Abgasschächten durchlöchert waren, die vielleicht noch nie ein Mensch betreten hatte – alles Dinge, die bisher unvorstellbar gewesen waren und erst jetzt, in der Konfrontation, glaubhaft wurden.

Hier, im freien Gelände, kannte sich Gus nicht mehr so gut aus wie in der Stadt. Zwar versuchte er, die Aufwinde an Berghängen auszunutzen, doch die Unregelmäßigkeit des Reliefs führte zu Wirbeln und Flatterbewegungen, und er hatte Mühe, aus dem Raum der Turbulenzen herauszukommen. Sie verloren nur langsam an Höhe, trotzdem hätten sie inmitten der Berge niedergehen müssen, wenn Gus nicht die Rückstoßdüsen in Funktion gesetzt hätte. So stiegen sie in einer steilen Aufwärtsbewegung noch einmal fünfhundert Meter weit empor, um dann, in einer langgezogenen Kurve über die letzten Ausläufer des Gebirges hinweg, langsam, aber sicher in einer vegetationslosen Steinwüste niederzugehen.

Sie brauchten sich keine Sorge darüber zu machen, wie sie wieder in die Stadt kommen sollten. Es dauerte keine zwanzig Minuten, da näherten sich zwei Raupenfahrzeuge. Eines transportierte den Segler ab, im anderen brachte man die Brüder an die Stadtgrenze, an die Endstation der Hochbahn. Sie wurden in einen versiegelten Wagen gesetzt und in das College zurückbeordert. Gus, der der Schulordnung nicht mehr unterlag, kam mit einer Geldstrafe davon, Barry aber wurde für ein Jahr vom Unterricht suspendiert. Ein Jahr lang arbeitete er in einer unterirdischen Schaumstoffproduktion und hatte Mühe, danach die Prüfungen zu bestehen, die er zum Übertritt in die nächste technische Ausbildungsstufe zu absolvieren hatte.

Spitalzimmer — Vormittag

Barry erwacht. Über ihm eine weiße Decke, um ihn herum weiße Kissen, ein weißes Laken. Er versucht sich aufzurichten, bringt aber keine Bewegung zustande. Endlich entdeckt er an der Seite die glänzende Chromfläche eines Schränkchens, und er sieht ein verzerrtes Abbild seiner selbst: in einem Spitalbett liegend, Brust, Schulter, Hals und Kopf mit Verbänden bedeckt. Nur das Gesicht schaut dazwischen hervor, und bis auf die eingefallenen Augen ist es fast so weiß wie der Stoff und die Decke.

Beklemmendes Gefühl der Lähmung.

Er versucht zu sprechen, bringt aber nur krächzende

Laute hervor.

Über ihm taucht das Gesicht einer Krankenschwester auf.

Sie spricht zu ihm –

doch er kann nicht verstehen, was sie sagt.

Er setzt mehrfach zum Reden an, doch es gelingt ihm nicht. Das Gesicht der Krankenschwester verschwindet. Barry schläft vor Erschöpfung ein.

Erschöpfung, black out.

Nach einer Weile erwacht er wieder – er hört Stimmen. Wieder versucht er sich zu bewegen, und nun gelingt es ihm auch.

Er weiß nicht, wieviel Zeit verstrichen ist, es können Stunden oder auch Tage gewesen sein; jedenfalls fühlt er sich merklich besser.

Die Krankenschwester nähert sich, richtet Barrys Oberkörper samt dem Kopfteil des Bettes auf. Barry sieht zwei Ärzte vor sich, Oberarzt und Assistent.

OBERARZT Na, geht's uns wieder besser?

Barry ist selbst erstaunt, daß er ihm ohne besondere Mühe antworten kann.

BARRY Danke, ich fühle mich wohl.

OBERARZT *lachend* Sie brauchen nicht gleich so zu übertreiben! *an die Schwester gewandt* Wann hat er die letzte Injektion bekommen?

KRANKENSCHWESTER Erst vor einer halben Stunde.

OBERARZT Na dann...

BARRY *noch mühsam* Wo bin ich?

KRANKENSCHWESTER Haben Sie es noch nicht bemerkt – in einem Krankenhaus.

BARRY Wo... Auf dem Sirius?

Die Ärzte und die Krankenschwester blicken einander erstaunt an.

OBERARZT Es hat ihn ganz schön erwischt. Eine Schlüsselbeinfraktur, schwere Gehirnerschütterung. Und unzählige Verletzungen der Epidermis. *Wieder zu Barry* Wo haben Sie sich das nur geholt?

Barry scheint ernsthaft nachzudenken, dann schüttelt er den Kopf.

OBERARZT Wissen Sie es nicht? Oder wollen Sie es nicht sagen? Mir ist es gleich – die Polizei wird sich darum kümmern.

BARRY *versucht mühsam zu artikulieren* Bin ich in Santa Monica?

KRANKENSCHWESTER *beruhigend* Machen Sie sich nichts draus – es wird schon wieder werden.

Die beiden Ärzte und die Krankenschwester verlassen den Raum. Barry döst wieder ein, erwacht, döst ein... Daß die Stunden vergehen, kann er lediglich an der elektrischen Uhr in seinem Blickfeld an der Wand erkennen.

Barry erschrickt, als wieder ein Kopf über ihm auftaucht. Es ist Jutta.

JUTTA Das sieht aber scheußlich aus! Wie fühlen Sie sich?

BARRY Danke, es geht.

JUTTA Ein Glück, daß ich Sie gefunden habe. Seit Stunden habe ich Sie gesucht. Eine blöde Sache, dieser Unfall!

BARRY Wie meinen Sie das?

JUTTA Können Sie sich bewegen?

BARRY Ich fühle mich kräftig. Aber die Verbände...

JUTTA Ja, ja – die Verbände. Damit werden wir fertig werden. Warten Sie ein paar Minuten, dann hole ich Sie.

BARRY Sie holen mich?

JUTTA Ja. Als Gus von der Sache hörte, gab er mir den Auftrag, Sie so schnell wie möglich zu ihm zu bringen. Sie werden verstehen – er will jedes Aufsehen vermeiden. Wenn das bekannt würde – es gäbe einen Skandal. Gefühl der Hilflosigkeit gegenüber den verwirrenden Ereignissen.

BARRY *murmelnd* Ich verstehe nicht.

Doch Jutta hat das Zimmer schon wieder verlassen.

Nach kurzer Zeit hört Barry das Öffnen der Tür und dann die quietschenden Geräusche rollender Gummiräder auf Linoleum. Und dann tritt Jutta wieder in sein Blickfeld, und hinter ihr bemerkt Barry zwei bullige Männer in den weißen Uniformen von Krankenwärtern.

Jutta zieht eine Ampulle heraus, bricht das Verschlußstück ab und läßt eine Flüssigkeit in das halbgefüllte Trinkglas auf Barrys Nachttisch tropfen. Dann nimmt sie dieses, hebt ihm den Kopf an und setzt es ihm an die Lippen.

JUTTA Trinken Sie!

Barry versucht den Kopf wegzudrehen, aber Jutta hält ihn fest und schüttet ihm die Flüssigkeit in den Mund. Er schluckt hustend.

Bitterer Geschmack, ekelerregend.

BARRY *noch immer hustend* Was ist das? Was geben Sie mir da?

JUTTA Wir nehmen Sie jetzt mit. Der Transport wird ein wenig beschwerlich sein. Es ist bloß ein Schmerzmittel – sonst verlieren Sie unterwegs plötzlich irgendwo die Nerven.

BARRY Na, hören Sie...

Jutta legt ihm die Hand auf den Mund.

JUTTA Still jetzt!

Sie gibt den beiden Männern ein Zeichen, die fahrbare Liege an das Bett heranzuschieben. Sie tun es, werfen Barrys Decke beiseite und heben ihn an. Nicht gerade sanft lassen sie ihn auf die Liege gleiten.

Schwindelgefühl, eingeschränktes Orientierungsvermögen.

Jutta geht zur Tür, sieht nach rechts und links, dann winkt sie. Sie geht vorne weg, als gehöre sie nicht dazu, die beiden Männer fahren mit der Liege hinter ihr her. Es geht durch lange Gänge, an mehreren Leuten in Schlafanzügen vorbei, auch an Krankenschwestern und Ärzten, aber niemand kümmert sich um die kleine Gruppe. Sie kommen in einen Lift, es geht abwärts, dann wird Barry über einen Hof geschoben.

Jutta geht nun neben ihm her, und als sie sieht, daß er noch wach ist und umherblickt, legt sie ein Tuch über sein Gesicht. Barry merkt nur noch am Wechsel von Hell und Dunkel und an den Erschütterungen seines Gefährts, daß er sich in Bewegung befindet.

Das Rollen und Wiegen schläfert ihn ein, und er fällt wieder in einen unruhigen, von Träumen gestörten Schlaf.

Villa Abend

Barry weiß nicht, was ihn geweckt hat. Er hört gedämpfte Stimmen in seiner Nähe, warmes, gelbes Licht liegt auf dem Tuch – er scheint sich in Ruhe zu befinden.

Da zieht jemand das Tuch beiseite – und er erkennt seinen Bruder Gus, der sich über ihn beugt.

Ungläubiges Staunen, nur langsam verschwinden die Zweifel an der Wahrheit des Gesehenen.

GUS Hallo Barry! Wer hätte das gedacht, nach so langer Zeit!

BARRY Ich hab' mir schon seit Jahren vorgenommen, dich zu besuchen – ich wollte dich überraschen, Gus.

GUS *lächelnd* Die Überraschung ist dir gelungen. *Er wendet sich an Jutta* Nimm ihm das Zeug ab!

Jutta beugt sich über Barry, löst die Klebestreifen, die die Binden zusammenhalten. Dann wickelt sie diese ab – zuerst vom Kopf, dann von den Schultern und schließlich vom Brustkorb. Nun liegt Barry, nur mit der Hose eines Schlafanzugs bekleidet, auf der Liege. Er versucht sich wieder zu bewegen... Und zu seiner Verblüffung ist das ohne weiteres möglich. Er kann sich aufrichten, er verspürt keine Schmerzen. Er blickt an sich herab – er hat keine Wunden und keine Narben. Er betastet seinen Kopf – auch dieser ist unversehrt.

Gus beobachtet ihn amüsiert.

GUS Alles O.K., Barry. Dir ist nichts geschehen – du

bist der hübsche Junge, der du immer warst. Nicht wahr, Jutta?

Jutta nickt lächelnd.

GUS Das kommt davon, wenn man sich mit einem Kopfsprung in den Dschungel stürzt. Du kennst die Tricks nicht, Kleiner – die sind mit allen Wassern gewaschen.

Als er Barrys erstauntes Gesicht sieht, spricht er weiter.

GUS Dieser windige Arzt, der dich versorgt hat... Hier kennt ihn jeder, er ist ein Gauner. Er hat einen Unfall vorgetäuscht, dich ins Krankenhaus eingeliefert und die Prämie der Krankenkasse kassiert. Nun ist er wieder für einige Wochen verschwunden, bis Gras über die Sache gewachsen ist.

Ein paar Sekunden ist Barry sprachlos.

BARRY *stotternd* Du meinst... Dr. Avramis?

GUS Ja, ich glaube, das ist einer seiner vielen Namen. Aber nun mach nicht ein so verdattertes Gesicht, Junge – sei froh, daß ich dich herausgeholt habe. Jutta hat sich größte Mühe gegeben.

Barry ist inzwischen aufgestanden, in seinem Anzug fühlt er sich sichtlich unbehaglich. Wieder lächelt Gus.

GUS Jutta, gib ihm ein paar Kleider von mir. *Und an Barry gewandt* Sie werden dir zwar ein wenig zu groß sein, aber was soll's – hier sind wir ja unter uns. Wir wollen uns einen netten Abend machen und über die alten Zeiten sprechen. Vorher habe ich noch ein wenig zu tun – vielleicht willst du ein Bad nehmen? Jutta wird dir alles zeigen.

Mit einer Geste, die ein wenig zu herrisch ausfällt, entläßt er Barry. Nachdenklich blickt er ihm nach, als er hinter Jutta das Zimmer verläßt.

Sie sitzen nebeneinander auf bequemen Stühlen, der Projektionswand zugewandt. Der Strahlenkegel aus dem Bildwerfer malt eine idyllische Szene auf den Schirm. Ein junges Elternpaar, zwei Jungen, ein alter Mann auf feuchten Gehwegen.

Assoziationen: Kindheit, Spiel, Zuhause.

Gus drückt auf den Knopf des Bildwechslers, und wieder sind die zwei Jungen zu sehen, die hinter einem großen Modellflugzeug herrennen.

Wieder drückt Gus einen Schalter – das Bild verschwindet, die Hauptbeleuchtung geht an.

GUS Du siehst, ich habe die alten Tage nicht vergessen. Übrigens habe ich mir schon oft vorgenommen, euch alle einzuladen, doch ist mir immer wieder etwas dazwischen gekommen. Aber im nächsten Jahr ist es so weit – das versprech' ich dir.

Barry lehnt sich in seinem Sessel zurück. Mechanisch spielt er mit einem goldenen Feuerzeug. Mit den Kleidern von Gus, die ihm merklich zu groß sind, sieht er ein wenig lächerlich aus, und er weiß es.

BARRY Nun haben wir lange genug von der Vergangenheit gesprochen, Gus. Da gibt es aber auch einiges, was ich von dir hören will.

GUS Was willst du wissen?

BARRY Ich will alles wissen: über dich und über die Sirius Transit. Was ist denn nun eigentlich wahr von dem, was ich bisher erfahren habe?

GUS Was von dem ganzen Zeug wahr ist? So gut wie nichts, Barry. Da gibt es eine Menge Leute, die sich einen Spaß daraus machen, Grünschnäbeln, die in unsere Stadt kommen, dicke Bären aufzubinden und sie auszunehmen. Ich fürchte, auch du bist ihnen auf den Leim gegangen. Die Sirius Transit ist eine ganz normale Firma, eine große Firma, das ist wahr, und ich bin stolz darauf, doch gibt es bei uns keinerlei Wunderdinge, wie man sie da und dort hört. Drum ist es besser, du vergißt all das dumme Zeug – diese Gerüchte und Erfindungen. Das ist besser für dich, Barry.

BARRY Na schön, Gus, vielleicht habe ich mich beschwindeln lassen, vielleicht bin ich Betrügern aufgesessen. Aber da gibt es doch einiges, was man nicht so einfach abtun kann. Wie steht es nun mit dem Sirius, Gus? Ich habe deine Rede gehört, den Aufruf zur Erschließung. Ist das nun wahr oder nicht?

Gus zündet sich eine Zigarette an; es sieht so aus, als wollte er sich die Antwort überlegen.

GSS Weißt du, was ich damals gesagt habe... Damals gab es eine Fülle ungelöster Probleme, neuer Aufgaben. Damals war ich begeistert, und vielleicht habe ich ein wenig übertrieben. Heute würde ich mich vorsichtiger ausdrücken.

BARRY Was soll das heißen? Gibt es auf dem Sirius nicht jenes jungfräuliche Leben, von dem alle schwärmen?

GUS Ja und nein. Weißt du – der Sirius ist so was wie ein Symbol geworden. Eine Aufforderung für jeden tatendurstigen Menschen...

BARRY Was meinst du damit: ein Symbol?

GUS *unwillig* Ich meine einfach, daß auch der Sirius kein Paradies ist. Der Mensch, der Neuland erobern will, muß auch fähig sein, mit Schwierigkeiten fertig zu werden. So ist das eben – es fällt einem nichts in den Schoß.

Eine schreckliche Unruhe breitet sich in Barry aus.

BARRY Aber es gibt ihn doch, den Sirius? Es gibt doch diese Aufgabe für den Menschen, sie mag schwierig sein, aber gerade das ist doch das Schöne daran – daß man sich an den Schwierigkeiten messen kann, daß man Gelegenheit hat, zu zeigen, was in einem steckt. *Fast drängend* Es gibt ihn doch, den Sirius, Gus – oder nicht?

Gus legt Barry die Hand auf die Schulter.

Das leichte Gewicht der Hand ist fest und beruhigend – es ist, als ginge eine geheimnisvolle Überzeugungskraft von ihr aus.

GUS Natürlich gibt es ihn, Barry. Was denkst du denn? Natürlich gibt es ihn.

Gus steht auf, tritt an die Hausbar, mischt sich einen Drink.

GUS Wollt ihr auch was, Barry? Jutta?

Jutta bringt Gus ihr Glas, und er schenkt ihr ein. Barry schüttelt den Kopf.

BARRY Weißt du, warum ich nach Santa Monica gekommen bin?

GUS Welche Frage! Du wolltest mich besuchen – das ist nett von dir!

BARRY Ja – das wollte ich auch. Aber ich wollte noch etwas: Ich wollte dich bitten, mir einen Job am Sirius zu besorgen.

Gus dreht sich jäh um.

GUS *gedehnt* Einen Job am Sirius? Daraus wird nichts! *nun bestimmter* Schlag dir das aus dem Kopf, Bruder. Es kommt nicht in Frage.

Barry steht auf. Man merkt, wie erregt er ist.

Neugier, Spannung, Zweifel.

BARRY *drängend* Aber Gus – warum nicht? Es ist doch ganz einfach für dich! Und ich habe dich schon seit langem um nichts mehr gebeten.

Gus zeigt sich nun betont freundlich – als wollte er seine Schroffheit von vorhin gut machen.

GUS Ich habe es dir vorhin erklärt, Barry. Die Bedingungen auf dem Sirius sind hart. Es gibt dort Gefahren, von denen du keine Ahnung hast. Du würdest dich kaputt machen!

BARRY Aber du schickst doch andere Leute hin! Macht es dir nichts aus, sie in Gefahr zu bringen?

GUS Es soll schon Feldherrn gegeben haben, die ihre Soldaten in den sicheren Tod schickten. Meine Leute haben immerhin eine Chance. Ich sag' es dir noch einmal – es kommt überhaupt nicht in Frage! Wir haben heute einen netten Abend verbracht, und morgen fährst du wieder nach Hause.

BARRY Aber Gus...

Ratlosigkeit, Verwunderung, Enttäuschung.

GUS Das ist mein letztes Wort.

Plötzlich ist die Atmosphäre frostig. Jutta tritt an das Kontrollpult der Stereoanlage und sucht nach einem Sender, der heitere Musik bringt. Nach einer Weile stellt sie den Apparat wieder ab.

Fragmente von Musikstücken, dazwischen Ausschnitte aus Vorträgen, Nachrichten, Hörspielen...

Barry ist ans Fenster getreten, blickt über die Stadt. Gus stellt sich neben ihn.

GUS *versöhnlich* Du hast doch Vertrauen zu mir – oder nicht?

BARRY Ja, Gus.

GUS Dann mußt du mir auch glauben, daß ich triftige Gründe dafür habe, dich nicht zum Sirius zu schicken. Glaubst du es mir?

Barry macht ein zweifelndes Gesicht – er gibt keine Antwort.

GUS Schau, ich will ja alles für dich tun, was ich kann. Ich gebe dir Geld...

Barry wehrt ab.

GUS ...aber ja! Ich weiß, du hast deine Brieftasche verloren. Und hier hast du auch noch einen Ausweis! Es ist nichts Offizielles, aber in meinem Imperium wirst du keine Schwierigkeiten mehr haben, wenn du ihn vorzeigst. Ich hab' ihn selbst unterschrieben. Du kannst damit hingehen, wohin du willst, und es kostet dich keinen Cent – du hast unbeschränkten Kredit. Zufrieden?

BARRY *kaum hörbar* Ich wollte zum Sirius...

Gus hat seinen Arm um Barrys Schulter gelegt, und nun schüttelt er ihn leicht, als wollte er ihn aus einem Traum wekken.

GUS Davon sprechen wir nicht mehr – O.K.

Fast zehn Jahre waren vergangen. Gus hatte die höchste Stufe einer Fliegerlaufbahn erklommen – er war Raketenpilot mit der Lizenz für extraplanetarische Flüge. Auch Barry hatte sich dieses Ziel gesetzt, doch er hatte es nicht erreicht – zwar war er auch Flugkapitän, aber nur für den innerkontinentalen Flugverkehr.

War das wirklich der Traum vom Fliegen, der sich ihm erfüllt hatte? Jeden Tag steuerte er seine Maschine vom Flugplatz West-End zum Flugplatz Ost-End und zurück, der erste Start um zehn Uhr vormittag, der zweite Start um vier Uhr nachmittag, die Routine der Vorbereitungen, Formalitäten, Ausfüllen von Papieren, das Durchgehen der Checkliste, das Warten auf die Starterlaubnis, und dann auf Aufstieg, Flug, Landung – wie er geglaubt hatte, die wesentlichen Aufgaben eines Kapitäns... In Wirklichkeit brauchte er kaum einzugreifen – hier war die Kontrolle längst den Automaten übertragen. Erst nach der Landung mußte er wieder aktiv werden – mit anderen Formularen und neuen Checklisten.

Der Flug selbst dauerte eine Stunde und zwanzig Minuten und ging die meiste Zeit mitten durch die Smogschicht hindurch. Nur gelegentlich, bei Hochdrucklagen, war die Stadt unten zu erkennen, und wenn man sie durch Dunst und Abgase hindurch auch nur flach und grau ausnehmen konnte, so waren diese wenigen Tage doch eine angenehme Abwechslung in der Eintönigkeit des Alltags. Einmal, während seiner Ausbildungszeit, hatte Barry durch die Smogschicht hindurchstoßen dürfen, in lichte Bereiche hinauf, in denen es noch weiße Wolken gab, die wie auf einer unsichtbaren Flüssigkeit dahintreibende Wattebäuschchen aussahen, eine grelle Sonne, einen tiefblauen Himmel. Und bei der Demonstration eines Nachtflugs hatte er sogar die Sterne gesehen und den Mond, und obwohl er durch die Lehrprogramme einiges darüber wußte, war es doch ein erstaunliches Erlebnis, dies alles wirklich zu sehen, was bisher lediglich als Schema existiert hatte. Eigentlich hätte er erst von diesem Tag an an die Vorstöße des Menschen in den Weltraum geglaubt, an die fremden Himmelskörper, die einige wenige Auserwählte erreicht hatten, an die Fortschritte der Weltraumtechnik, die neuen Erkenntnisse und Erfindungen, die den Vorstoß weit über das Sonnensystem hinweg erlaubten, die Entdeckung fremder Lebensbereiche, über die es bisher nur Gerüchte gab, Marksteine einer hochentwickelten Technik, die aus militärischen Gründen geheimgehalten wurde. Denn irgendwo in Asien gab es ja noch Krieg, die letzten Kämpfe gegen die Kräfte der Unfreiheit, die sich verzweifelt gegen die Truppen der freien Völkergemeinschaft wehrten.

Barry stand erst einige Monate im Dienst der Fluggesellschaft, und schon hatte er sich vorgenommen, sich sobald wie möglich nach einem neuen Betätigungsfeld umzusehen, wenn er erst die fünf Dienstjahre hinter sich gebracht hatte, für die er sich hatte verpflichten müssen. Wenn er auch selbst nicht aus der Stadt, aus dem Land herauskam, so traf er doch mit Kollegen zusammen, die größere Maschinen steuerten, auf längeren Linien flogen, andere Länder und Kontinente besuchten. Von ihnen hörte er, daß es selbst auf der Erde noch unzivilisierte Regionen gab, Landstriche, in denen zwischen den Siedlungen noch Freiland lag, das man betreten durfte, in denen der Schutz, aber auch die Einschränkung für den Bürger längst nicht so vollkommen waren wie in den zivilisierten Staaten, in denen sich Männer mit Tatkraft und Ideen noch auf eigene Füße stellen konnten – einen Wohnplatz suchen, einen Beruf wählen, über ihre eigene Tätigkeit bestimmen, ihre Chance nutzen und ihr Risiko tragen, Überbleibsel einer früheren, atavistisch wilden Lebensweise.

Nur einmal hätte er diese Gedanken fast aufgegeben – als er das Mädchen Cindy kennenlernte, das in einer Elektronikfirma beschäftigt war. Cindy war zart und empfindsam, von einem unscheinbaren Liebreiz, der erst sichtbar wurde, wenn sie etwas Schönes erlebte, wenn sie sich freute, wenn sie glücklich war. Barry kannte sie erst kurze Zeit, er sah sie nur selten, doch er hatte das Gefühl, ihr langsam näher zu kommen. Und wenn sie sich an den Wochenenden trafen und die Gedanken an die Monotonie ihrer beruflichen Tätigkeiten unterdrückten, dann waren sie auf eine Weise zufrieden, wie es sich insbesondere Barry niemals hatte vorstellen können.

Manchmal erzählte er ihr von den Unternehmungen seiner Jugend, manchmal auch von den Träumen, die er geträumt hatte, und oft genug auch von Gus, dem Bruder, von dem sie bald mehr wußte als von ihm. Eines Tages – es war ein Wochenende im Sommer – besuchten sie das Aerodrom, von dem die Raketen in den fernen Weltraum vorstießen. Lange standen sie an der Besucherterrasse, an die hohe Brüstung gelehnt, und beobachteten den Start der lanzettartigen Körper, die von hier, aus der Entfernung, wie Nadeln aussahen, geeignet, die Smogdecke, vielleicht auch den Himmel, zu durchstechen – in Wirklichkeit aber riesige Kolosse, ähnlich den Kirchtürmen vergangener Zeit und ihnen in der Funktion vielleicht sogar ähnlich. Das Grollen war so laut, daß man sich kaum verständigen konnte, der Feuerschein so grell, daß man ihn nur durch Sonnenbrillen ertrug, und wenn sich ein solcher Flugkörper schließlich auf der Feuersäule seiner Abgase in die Luft erhob, dann teilte sich die Wolkendecke, schon bevor sie von der Spitze berührt wurde, und gab für Momente den Ausblick in die blaue Unendlichkeit frei.

Anschließend besuchten sie das große Planetarium, das der Bevölkerung die Eindrücke vermitteln sollte, die die Raketenpiloten, Pioniere der neuen Zeit, mit sich nach Hause gebracht hatten. Sie saßen, Hand in Hand, im riesigen kuppelartigen Raum, unter einer Tausende zählenden Menschenmenge, die sich über ringförmig ausgebreitete Sitzreihen verteilte. Die Lampen wurden dunkler, eine feierliche Musik setzte ein, das langweilige Grau der Kuppelwölbung gewann plötzlich Transparenz, ein bläuliches Leuchten ging von ihm aus, immer heller, immer strahlender, bis sie schließlich, als die Lampen völlig erloschen waren, völlig von der violetten Leere umgeben schienen – frei schwebend im Weltraum wie auf der Aussichtsplattform eines Flugkörpers. Es wurde Nacht, unzählige Sterne punkteten weiße Lichtmuster über das Schwarz, veränderten ihre Konstellationen, ballten sich zu wolkenartigen Gebilden zusammen, vorbeischießende Meteoriten, Wolken von kosmischem Staub, ein fremdes Sonnensystem, Planeten... Das Landemanöver, eine tiefgekerbte Oberfläche, der sie sich rasend näherten, das Einschwenken auf eine Parabelbahn, der Moment des Stillstands über dem Zielpunkt, die Landung inmitten aufgeschleudertem, rotglühenden Sand. Fremde Welten, Kontinente und Meere, Berge und Täler, exotische Pflanzen, eine unbekannte Tierwelt, zartgliedrige Wesen, die scheu näher kamen... Man spürte den leichten Wind einer würzigen Luft, die von den Hügeln her wehte, vernahm den Duft seltsamer Blüten, betäubend und erregend zugleich... Waren das die Bilder, die die Astronauten gesehen hatten? Waren das die Szenerien der neuentdeckten Himmelskörper? Es gab keine Erklärungen zu den Abläufen – es blieb den Zuschauern freigestellt, ob sie diese als Realität und Science Fiction nehmen wollten. Und sicher steckte Absicht dahinter – denn in einem Land, in dem es noch Spione einer fremden, übelwollenden Macht gab, konnte man die letzten Errungenschaften der eigenen überlegenen Technik nicht ohne Vorbehalte an die Öffentlichkeit bringen.

Als die Vorführung zu Ende war, fiel es insbesondere Barry schwer, wieder in die Wirklichkeit zurückzukommen. Hier hatte er die Verkörperung von all dem gefunden, was ihm in unzähligen Tagträumen langweiliger Stunden vorgeschwebt war – wenn auch längst nicht so greifbar, so deutlich... Vielleicht war ein Teil von dem, was man gezeigt hatte, nicht wahr, vielleicht war einiges der Phantasie von Drehbuchautoren entsprungen, aber schließlich konnte nicht alles Täuschung sein, so vollkommene, in sich geschlossene Bilder konnten nicht allein der menschlichen Vorstellungsgabe entspringen, es mußte etwas dahinterstecken, das vielleicht noch nicht erreicht, aber doch existent war, was man finden und entdecken konnte, wenn man nur alle seine Kräfte dafür einsetzte.

Für einige Minuten hatte Barry Cindy vergessen, die stumm neben ihm herging und seine Stimmung nicht stören wollte. Plötzlich waren sie wieder ungeheuer wichtig geworden, die alten Wünsche, die alten Ziele, und ebenso unerwartet, wie ihn diese Schaustellung getroffen hatte, glaubte er plötzlich wieder an die Verwirklichung seiner eigenen Vorstellungen und jener, die in den Bildern beschrieben worden waren. In dem Moment fühlte er eine Hand auf seiner Schulter: Vor ihm stand Gus. Er sah ein wenig älter aus, ein wenig härter, und einen flüchtigen Augenblick schien es Barry, als läge auch ein Zug von Müdigkeit, von Resignation, von Trauer, in seinem Gesicht.

Barry machte ihn mit Cindy bekannt, und jetzt, als er wieder in die Wirklichkeit zurückgefunden hatte, empfand er es als Wohlwollen der Stunde, daß er seinem Mädchen den großen Bruder vorstellen konnte, von dem er ihm immer erzählt hatte, und daß Gus Cindy kennenlernte, die heute besonders anziehend aussah in ihrem hellrosa Kombinationsanzug und den weißen Sandalen.

Barry erwartete, daß Gus nach einigen flüchtigen Worten wieder gehen würde, und wunderte sich ein wenig, als dieser wie selbstverständlich bei ihnen blieb und vorschlug, zusammen essen zu gehen. Er ließ merken, daß er sich hier zu Hause fühlte, obwohl er, wie er erzählte, aus dem öffentlichen Dienst ausgeschieden wäre. Barry hätte ihn gern nach den Gründen gefragt, doch er wollte den Bruder nicht unterbrechen, der nun plötzlich offen und gelöst wirkte und Cindy mehrmals zum Lachen brachte. Er nahm die beiden als Gäste in den für das Publikum geschlossenen Teil der Anlage mit, und als sie in dem feudalen Restaurant saßen, das hauptsächlich von höheren Offizieren bevölkert war, sahen sie in der herabsinkenden Dämmerung durch die riesige, gewölbte Glasscheibe hindurch das Aufflammen der Raketendüsensätze, das den Landeplatz für Sekunden zu einem riesigen Kraterfeld machte, in dessen Mitte ein Vulkanausbruch begann.

Nach dem Essen bestellte Gus eine Flasche Wein, die ihrem Zusammentreffen eine besondere, feierliche Note gab – ganz abgesehen von der Stimmung, die wohl Barry ebenso wie Gus überkommen war, Erinnerungen an frühere Tage, Augenblicke intensiven gemeinsamen Erlebens, Ahnung künftiger Abenteuer. Und obwohl Cindy aus diesem Ring der Gemeinsamkeiten ausgeschlossen war, so empfand sie doch mit, was die beiden Brüder bewegte, die sich in manchen Dingen erstaunlich ähnlich waren und in anderen wieder ebenso erstaunlich unterschieden.

Noch nie hatte Barry Gus so gesprächig gesehen. Er erzählte von Flügen, die ihn hoch über die Erdoberfläche hinausgetragen hatten, vom schwerelosen Zustand im Orbit, von Landungen auf dem Mond, von Überlebensexperimenten am Hang einsamer Ringgebirge. Er berichtete von einem Besuch des Mars, von Umkreisungen des Pluto und von Vorstößen zu den sonnenfernen Planeten und darüber hinaus. Und er deutete an, daß er an geheimgehaltenen Missionen beteiligt war, die weit aus dem Sonnensystem hinausgegangen waren und Wunder erschlossen hatten, die sich der normale Mensch nicht vorstellen kann. Er sprach auch von neuen Plänen, neuen Projekten: Mit einer Gruppe unternehmungslustiger junger Leute wollte er sich irgendwo außerhalb der zivilisierten Zone niederlassen, um eine Erfindung auszuwerten, mit der es möglich war, alle Grenzen zu sprengen, das Unmögliche Wahrheit werden zu lassen...

Es war eine Art Schwindelgefühl, das Barry übermannte, als er Gus zuhörte, und auch Cindy, an der er bisher kein besonderes Interesse an risikoreichen Unternehmungen und technischen Pionierleistungen festgestellt hatte, lauschte den Worten wie einer fremdartigen und doch seltsam anziehenden Musik. Und wie zur Verkörperung dessen, was Gus mit seinen Worten beschrieb, zur Unterstreichung der damit anklingenden Gefühle, setzte eine polyphone Musik ein, die zum Tanz auf einem sich langsam drehenden, kreisrunden Parkett einlud. Bis lange nach Mitternacht saßen sie zusammen, lauschten den aus allen Richtungen auf sie eindringenden Tönen, sprachen nur noch wenig, und einige Male – bei langsamen Passagen der Musik – führte Gus Cindy aufs Parkett, während Barry, der nicht tanzen gelernt hatte, den beiden aus der Ferne zusah.

Als die Musik zu Ende war, brachte Gus seinen Bruder und Cindy zur nächsten Hochbahnstation und wartete mit ihnen gemeinsam auf einen der Züge, die um diese Zeit in größeren Abständen verkehrten. Hier oben wehte ein leichter, erfrischender Wind, der im Gestänge der freitragenden Stützen ein leises Summen und Singen hervorrief. Auch jetzt noch flammten in regelmäßigen Aständen die Raketentriebwerke auf und tauchten die schlafende Stadt in das dunkle Purpur ihrer Glut.

»Ist es wirklich wahr«, fragte Barry, »Gibt es dort oben irgendwo fremde Planeten, unbekannte Welten, neues Land, das man entdecken und betreten kann?«

»Was bedeutet schon Wahrheit?« antwortete Gus; er sah aber nicht Barry, sondern Cindy an. »Wahr ist das, woran wir glauben.«

Ein dumpfes Grollen im Raumnetz der Gerüstkonstruktion kündete das Nahen des Zuges. Sie reichten einander die Hand, Barry und Cindy stiegen ein, und Gus winkte ihnen. Die Strecke machte eine leichte Kurve, und so konnten sie ihn noch lange sehen – eine dunkle, einsame Schattengestalt, ein Umriß, in dem kein Gesicht mehr zu erkennen war.

So schön dieser Tag gewesen war, so unauslöschlich er sich Cindy und Barry ins Gedächtnis geprägt hatte, so zeitigte er auch unerwartete Folgen. Barry hatte den Eindruck, daß sich Cindy verändert hatte, daß sie sich ihm gegenüber anders benahm – zurückhaltender, sachlicher. Er hätte sie gern nach dem Grund gefragt, doch er tat es nicht, und auch sie sprach nicht darüber. Vielleicht lag es auch an Barry selbst, dem seine Umgebung, seine Tätigkeit, die Menschen um ihn herum immer gleichgültiger wurden. Manchmal war er ungeduldig, manchmal zerstreut, er begann sich wieder abzusondern und Träumereien nachzuhängen. Immer wieder mußte er an das denken, was sein Bruder erzählt hatte, und immer entschlossener wurde er in seinem Vorsatz, einst selbst in den Raum der unausgeschöpften Möglichkeiten und Wunder aufzubrechen.

Im Hotel Vormittag

Barry ist ins Hotel zurückgekehrt. Er hat lang geschlafen, und niemand hat ihn gestört. Der Kellner vom Etagendienst, der ihm das Frühstück bringt, behandelt ihn mit ausgesuchter Höflichkeit.

Eindruck der Leere, der Sinnlosigkeit.

KELLNER Haben Sie noch einen Wunsch, Sir?

Barry schüttelt den Kopf, und der Mann entfernt sich, ohne die Hand für ein Trinkgeld aufzuhalten. Barry sieht ihm mit zwiespältigen Gefühlen nach. Dann beginnt er den Bord im Badezimmer abzuräumen, seine Hemden und Socken in der Reisetasche zu verstauen. Er blickt sich noch einmal im Zimmer um, dann nimmt er die Tasche auf und verläßt den Raum.

Hotel – Vorhalle Vormittag

Barry steht an der Kasse, verlangt seine Rechnung. Der Angestellte schüttelt den Kopf.

ANGESTELLTER Alles bezahlt, Sir. Geben Sie mir Ihren Autoschlüssel? Ich werde den Wagen holen lassen.

BARRY Danke, ich hol' mir den Wagen selbst. Auf Wiedersehen.

ANGESTELLTER Auf Wiedersehen, Sir.

Barry schlendert hinüber zum Lift, da sieht er einen Mann auf sich zulaufen. Es ist Wes.

WES Wohin gehst du, Barry?

BARRY Wohin schon? Nach Haus. Diese Stadt ist nichts für mich, das hab' ich inzwischen selbst bemerkt.

WES Aber Barry – gerade jetzt, wo ich einen Vertrag für dich habe!

Plötzlich beginnt irgendwo hinter Barrys Augenbrauen etwas zu pulsieren.

BARRY Einen Vertrag? Verrückt!

WES Wieso verrückt? Was ist daran verrückt?

Barry ist stehen geblieben, hat die Reisetasche abgesetzt.

BARRY Nun – ich hab' eben nicht mehr damit gerechnet. Ich dachte…

WES Du bist so verdammt ungeduldig, Junge. Warum sollte es nicht klappen? Du erfüllst doch alle Voraussetzungen! Du bist jung und gesund, du hast eine fabelhafte Ausbildung. Reizt dich der Sirius nicht mehr? Denkst du nicht mehr an das freie Land, an die Entdeckungen, die du dort machen wirst?

Barry lächelt ein wenig wehmütig.

BARRY Greifst du da nicht ein wenig zu tief in den rosaroten Farbentopf? Weißt du, Wes – ich glaube nämlich nicht mehr an das Paradies am Sirius.

Obwohl er sich zu beherrschen sucht, wird die Aufregung, die Barry erfaßt hat, immer heftiger und drängender.

WES *verblüfft* Aber wieso denn, Barry?

BARRY Ich hab' es mir von jemand sagen lassen, der es wissen muß.

WES Und was hat dir derjenige weisgemacht?

BARRY Dort fallen einem die gebratenen Tauben nicht in den Schoß. Man muß hart arbeiten. Es gibt Gefahren. Viele stehen es nicht durch. Manche werden kaputt dabei.

WES *enttäuscht* Na, wenn das so ist… dann wünsch' ich dir viel Glück, Barry. Komm gut nach Haus!

Barry hält ihn zurück.

Er steht unter dem Einfluß widersprüchlicher Wünsche.

BARRY Darf ich den Vertrag einmal sehen?

Wes reicht ihm das aus mehreren Blättern bestehende, dicht bedruckte Formblatt. Barry sieht es flüchtig durch.

Aufblitzende Gedanken, endgültiger Stimmungsumschwung.

BARRY Weißt du was, Wes: Ich hab' es mir überlegt.

WES Du hast es dir überlegt?

BARRY Ja, die Sache geht klar. Was muß ich tun? Wo muß ich unterschreiben?

Wes blättert in den Papieren, tippt auf eine Stelle.

WES Hier, Barry.

Barry unterschreibt. Er schiebt die Papiere zusammen, sortiert sie. Dann reicht er Wes einige Blätter zurück.

BARRY Und wie geht es weiter?

WES Wenn du willst, kannst du heute schon starten. Melde dich um 14 Uhr am Raketenstartplatz, Eingang 4.

BARRY Am Raketenstartplatz? Bist du sicher? Nicht in der Transmissionsstation?

Wes sieht Barry erstaunt an.

WES Was sagst du da? Ich weiß nicht, was du meinst!

Barry zuckt die Schultern.

BARRY Also dann am Raketenstartplatz, Eingang 4. Mach dir keine Gedanken, Wes. Die Sache geht schon in Ordnung. Und Dankeschön!

Barry nimmt die Reisetasche auf und blickt unschlüssig auf die Uhr, dann wendet er sich zum Lift, drückt auf den Knopf und wartet.

Vorraum der Videothek — Vormittag

Barry verläßt den Lift in der Etage der Videothek. Wie schon einige Tage vorher sitzt Nelly allein hinter der Theke. Sie hat ein dezentes Kleid an, ihr Haar ist rückwärts zusammengebunden.

Barry tritt näher, stellt die Tasche zu Boden.

BARRY Hallo, Nelly!

NELLY Hallo, Barry!

Barry stützt sich auf den Tisch, mustert die Bandkassetten, die in mehreren Reihen in einem Regal an der Hinterwand stehen.

NELLY Willst du dir ein Band ausleihen, Barry?

BARRY Nein.

NELLY Was willst du dann?

BARRY Ich wollte dich noch einmal sehen.

NELLY Du fährst also ab.

BARRY Ich fahre ab.

NELLY Dann mach's gut, Barry.

Barry hebt seine Reisetasche auf und winkt Nelly zu.

Duft nach Lavendel

BARRY Mach's gut, Nelly!

Er dreht sich um und geht zur Lifttür. Der Fahrstuhl ist noch da. Er öffnet die Tür und tritt ein.

Raketenstartgelände Nachmittag

Barry verläßt den Bus, der ihn zum Raumhafen gebracht hat. Sein Auto ist verkauft, er besitzt nur noch das, was seine Reisetasche enthält. Er fühlt sich frei und ungebunden wie schon lange nicht.

Da ist das Gatter 4. Ein rundes Dutzend Männer stehen herum, nach und nach kommen noch weitere hinzu. Barry stellt sich dazu und wartet.

Kurz nach 2 Uhr nachmittag öffnet sich das Tor – sie dürfen eintreten. Einer nach dem andern gehen sie an einem Schalter vorbei, zeigen ihre Papiere. Dann bekommt jeder ein Bündel mit Kleidung und einen Tornister. Ein Mann in grauem Overall, auf der Kappe die Buchstaben ST, gibt Anweisungen.

ST-MANN Dort drüben ist die Umkleidekabine. Das Privatgepäck bleibt hier. Nehmt nur das Allernötigste mit!

Auch Barry betritt den Umkleideraum und kommt dann wie die andern graugekleidet zurück. Den Tornister trägt er auf dem Rücken. Seine Reisetasche bekommt ein Etikett und wird auf einen großen Haufen anderer Gepäckstücke geworfen.

ST-MANN Seid ihr fertig, Männer? In Doppelreihen antreten!

Sie formieren sich zu zwei Reihen. Der ST-Mann teilt sie in Gruppen zu sechst. In kurzen Abständen wird eine nach der anderen abgerufen.

Barry braucht nicht lange zu warten. Mit den andern wird er durch einen Gang geführt, dann kommen sie ins Freie. Ein kleiner Bus steht bereit – in rascher Fahrt geht es hinaus aufs Startgelände.

Rattern und Schütteln des Fahrzeugs.

Zum ersten Mal sieht Barry die Raketen aus der Nähe. Er ist ein wenig enttäuscht – er hat sie sich größer vorgestellt. Es sind zylindrische Körper, den Durchmesser schätzt er auf vier, die Höhe auf 15 Meter. Die Raketen stecken in fahrbaren Lafetten, die über Schienen hinaus auf die Startplätze gerollt werden.

Der Bus hält, die Männer steigen aus. Nur wenige Schritte zur nächsten Rakete. Barry sieht das Metall des Gehäuses aus der Nähe – es ist braunschwarz verkrustet und nicht silberglänzend wie auf den Bildern.

Über eine schmale Metalltreppe geht es aufwärts, dann stehen sie auf einer Plattform vor dem Einstieg in den Transportraum.

Barry dreht sich kurz um – ein letzter Blick hinüber zur Stadt. Dann folgt er den andern.

Ein kreisrunder Raum, sechs Andrucksitze, die Lehnen nach außen gerichtet. Ein Kranz von engen Fenstern.

Abgestandene Luft, Geruch nach Schmutz und Schimmel.

Der ST-Mann ist mit eingestiegen. Er zeigt ihnen die Fächer, in denen das Gepäck zu verstauen ist. Dann muß jeder von ihnen einen Helm aufsetzen, der durch einige Kabel mit der Rükkenlehne des Sitzes verbunden ist.

ST-MANN Alles anschnallen! Start in 5 Minuten!

Er überzeugt sich, daß die Gurte fest sitzen, geht von einem zum andern und läßt ein Schloß einschnappen, durch das die Gurtenanordnung fixiert wird.

Druck der engen Gurte.

BARRY Wie kriegen wir die wieder auf?

ST-MANN Sie bleiben während des Flugs geschlossen. Nach der Landung wird man sie euch abnehmen.

Er geht zum Einstieg, legt die Hand kurz an die Kappe.

ST-MANN Guten Flug, Männer!

Die Klappe fällt zu. Kurz danach geht ein leiser Ruck durch den Raketenkörper – offenbar rollen sie jetzt über die Schienen dahin – durch die Fenster ist von ihrer Position aus nur der Blick gegen den Himmel frei.

BARRY Wie lange dauert die Fahrt?

Barrys Nachbar zur Rechten dreht ihm den Kopf zu.

BRUSH Bist du zum ersten Mal dabei?

BARRY Ja.

BRUSH Wie lang wir brauchen? Schwer zu sagen – es kommt darauf an, wohin sie uns bringen.

BARRY Gibt es mehrere Landeplätze?

Nun ist auch sein linker Nachbar aufmerksam geworden und schaut ihn erstaunt an.

JOE Bist wohl völlig unvorbereitet in die Sache reingeschlittert, Junge! Hast du irgendwo türmen müssen?

BRUSH Davon hängt alles ab – wohin sie uns bringen. Es kann der Himmel sein, oder auch die Hölle. Ich habe schon einige Horrortrips hinter mir.

JOE Ich auch, Mann. Will gar nicht daran denken. Die Inselwelt der Südsee – das würde mir passen. Kokosmilch und Palmwein. Und braune Mädchen mit Blumen im Haar…

BARRY Braune Mädchen? Am Sirius?

BRUSH Laß dich überraschen, Junge. Wirst es noch früh genug erfahren.

Vibrationen der Metallräder auf den Schienen.

Wieder ein Rucken – die Lafette hält. Automatisch werden die Sitze in Andruckstellung gebracht; die sechs Männer nehmen nun eine kauernde Stellung ein, den Rücken gegen die Fahrtrichtung.

LAUTSPRECHER Start in 10 Sekunden. 10, 9, 8, 7, 6, 5, 4, 3, 2, 1, go!

Der Raketenkörper zittert, plötzlich verdunkelt schmutzig brauner Rauch die Luken. Dann preßt sie der Andruck in die Sitze, für ein paar Sekunden fällt weißes Licht ein, dann wird es draußen schwarz...

Röhrende und zischende Geräusche der Triebwerke und der vorbeiströmenden Luft. Allmählich wird das Geräusch leiser, das Zischen hört auf, und nur noch das dumpfe Röhren erschüttert die Kabine. Der Andruck erreicht die Grenze des Erträglichen. Barry hat Mühe, bei Besinnung zu bleiben. Dazu kommt eine Übelkeit erregende Vibration, gelegentlich läuft ein Schütteln durch die Rakete, die die Männer wehrlos in den Gurten hin und her wirft. Jäh setzt das Zischen wieder ein und schwillt rasch auf beängstigende Lautstärke.

Das Bremsmanöver hat eingesetzt, die Männer hängen in den Gurten.

Rascher Wechsel der Trägheitskräfte. Die Geräusche der vorbeistreichenden Luft werden leiser, nur das Röhren der Treibsätze hält unvermittelt an.

Das Blickfeld, das durch die Luken erkennbar ist, erhellt sich langsam... Plötzlich schwenkt die Rakete um – die Männer werden in die Sitze gepreßt. Gleichzeitig liegen wieder schwarze Schwaden an den Fenstern, gelegentlich von Funkenschwärmen orange gefärbt.

Ein letzter harter Ruck – sie sind gelandet. Automatisch richten sich die Sitze gerade. Bei den Männern ist eine gewisse Erregung spürbar. Alle recken die Hälse, spähen durch die Luken, um einen Anhaltspunkt für das erreichte Ziel zu finden.

BRUSH Der Himmel ist grau – das gefällt mir nicht.

JBE Mal den Teufel nicht an die Wand! Vielleicht ist es hier Abend oder früh am Morgen!

Ein leises Prasseln und Zischen.

Die Männer sehen sich betroffen an.

BARRY Was hat das zu bedeuten?

BRUSH Verflucht, das gefällt mir nicht.

BARRY Was hat das zu bedeuten?

BRUSH *resignierend* Kannst du es nicht erraten? Ein Schneesturm, mein Junge. O verdammt, so ein Pech!

Raketenbasis Früh am Morgen

Die Luke öffnet sich, zwei Männer treten ein. Mit ihnen dringt ein Windstoß in die Kabine, Schneekristalle wirbeln umher.

Der eine Uniformierte trägt den schwarzen Kragenbesatz der Sergeanten. Der jüngere hat keine Rangabzeichen, doch an einer Trillerpfeife, die er an einer Kordel um den Hals trägt, ist er als Anführer der Wachtabteilung zu erkennen.

Der Sergeant macht keine Anstalten, den Männern aus den Gurten zu helfen. Er lockert den Schal, spuckt auf den Boden.

SERGEANT Ein Mief hier! *Und zum andern gewandt* Wieder einmal eine hübsche Sammlung seltener Vögel! *Und wieder lauter zu den Männern* Ich sag's euch lieber gleich: Hier wird nicht lange gefackelt! Wer nicht pariert, kommt in den Bau. 24 Stunden ohne Essen, ohne Heizung. Ihr könnt es euch überlegen. *Wieder zum andern* Mach' sie los, Colly!

Der Mann mit der Trillerpfeife gehorcht. Mit einem Schlüssel öffnet er die Schnappschlösser der Gurte, die Männer können sich davon befreien, sich aufrichten.

Ziehender Schmerz in Muskeln und Gelenken.

SERGEANT Schlaft nicht ein, Leute, nehmt eure Tornister auf. Und bevor wir jetzt losmarschieren, möchte ich euch noch etwas sagen: Ich bin Sergeant Keller, und ich führe das Kommando von Posten 11, zu dem ihr eingeteilt seid. Und wenn einer von euch Burschen glaubt, er könnte sich mit mir einen Spaß erlauben, dann sollte er sich lieber gleich seine Knochen numerieren lassen.

Er zieht seinen Schal eng um den Hals, setzt die Mütze fester und steigt durch die Luke aus.

Landefeld Morgen

Die Männer klettern die Leiter hinunter, die man an die Rakete herangeschoben hat. Ein eisiger, heftiger Wind greift nach ihnen – sie haben Mühe, das Gleichgewicht zu erhalten. Nach wenigen Augenblicken sind sie bis auf die Knochen durchgefroren.

Schneidende Kälte.

Schlotternd gehen sie über das holprige Gelände des Landefeldes, dann betreten sie eine Baracke. Man versorgt sie mit warmer Kleidung, Mützen, Stiefeln, Waffen.

Heulender Wind, manchmal lauter, manchmal leiser.

Tundra Morgen

Zwei Kettenfahrzeuge bewegen sich durch eine öde ebene Landschaft. Wenig Pflanzenwuchs, einige dürre Sträucher, der Boden zerweicht, der Weg eine Schar verflochtener, wassergefüllter Rinnen.

Ein wolkenverhangener Himmel, gelegentlich Regenböen, dazwischen Schneeflocken. Auch in Bodenmulden liegt noch verkrusteter, schmutziger Schnee.

Schüttelnde Schläge der ungefederten Sitzfläche.

Barry sitzt mit zwei seiner Gefährten auf einer Blechkiste im Innern des zweiten Kettenwagens. Obwohl sie hier windgeschützt sind, ist es eisig kalt. Die Männer reiben sich die Hände, vermummen sich, so gut es geht, in ihren Mänteln.

Frösteln, durch die Kleidung kriechende Kälte.

Es sind die beiden Männer, die in der Rakete neben Barry saßen.

JOE Zum Kotzen. Und ich sah mich schon in der Südsee.

Der Mann, der das Fahrzeug steuert, dreht sich kurz um; es ist Colly.

COLLY Was willst du – ihr habt es noch gut getroffen – es wird Frühling!

Er deutet nach vorn. Wie zum Beweis haben die Wolken ein Stück blauen Himmels freigegeben. Sonnenlicht fällt streifend ein, präpariert das Relief hart heraus, läßt die Schneefelder blinken, die Eintiefungen in schwarzen Schatten untergehen. Die Wolkenränder sind rosa angehaucht, über dem Horizont liegt graugelber Nebel.

Dann wieder ein Aufheulen des Winds.

Die Wolken schließen sich, eine Sturmbö treibt einen Schwarm Eiskristalle gegen die schmalen Fenster.

BARRY Was soll das alles bedeuten?

Er wendet sich an den älteren Gefährten, der Erfahrung zu haben scheint.

BRUSH Wir werden jetzt eine Weile zusammen bleiben. Ihr könnt mich Brush nennen.

BARRY Ich heiße Barry.

JOE Ich bin Joe.

BRUSH Das erste Mal wird's dir schwer fallen, Barry...

JOE *einfallend* ...die nächsten Male ist's auch nicht schöner!

BRUSH *unbeirrt* Da gibt's nicht viel zu erklären. Du weißt doch, daß wir das besetzte Land verteidigen müssen.

BARRY Welches besetzte Land? Sind wir nicht am Sirius?

BRUSH Wer weiß das so genau? Ist es nicht gleichgültig?

BARRY Aber ich dachte... man hat mir gesagt... Es sollte ein wunderbares Land sein, ein Stück unberührter Natur, offen für alle...

JOE *sarkastisch* Ist dir das nicht offen genug?

Er deutet vage in die Umgebung.

BARRY *enttäuscht* Es ist ganz anders, als man es mir beschrieben hat. Was haben wir hier verloren?

Wieder dreht sich Colly um, mischt sich ins Gespräch.

COLLY Wir müssen das Land verteidigen! Wir haben es erobert, und wir können es doch nicht einfach wieder aufgeben!

BARRY *zweifelt* Dieses Land?

COLLY Es gefällt dir nicht? Darauf kommt's nicht an. Es ist eine strategisch wichtige Region. Ob du's glaubst oder nicht – wir kämpfen hier um Bestand und Untergang unserer Kultur. Genügt dir das nicht?

Er konzentriert sich wieder auf die Fahrt, wartet die Antwort nicht ab. Und er bekommt auch keine.

Vor ihnen tauchen einige Unterstände auf, rundherum ein stacheldrahtbewehrter Maschendrahtzaun, ein Wachtturm mit einer kreisenden Radarantenne.

Ein Wachtposten öffnet das Tor, der Wagen fährt herein, hält. Die Männer steigen aus.

Eisige Kälte.

Fort Esperanza Vormittag

Dieser Unterstand, aus Leichtbetonbacksteinen roh zusammengebaut, wird für die nächsten Monate ihr Zuhause sein. Man zeigt ihnen den Schlafraum – jeweils drei Betten übereinander, enge Militärspinde, eine Lampe ohne Schirm, mit Draht an der Decke befestigt.

Starker Geruch nach einem Desinfektionsmittel.

Ebenso eng der Aufenthaltsraum. Essenausgabe – rund 20

Männer halten ihre blechernen Näpfe auf, bekommen von einem schmuddeligen Koch Bohnen und Fleisch. Sie werden in ihre Aufgaben eingewiesen – Patroulliengänge, Wachtdienst, Bedienung des Radars und des Funkgeräts. Die wichtigste Aufgabe aber ist den drei Raketenwerfern gewidmet, die, in die Erde eingesenkt und von außen kaum sichtbar, Tag und Nacht einsatzbereit sein müssen: Raketen mit Atomsprengköpfen als strategische Waffen.

Heulen einer Sirene.

RUFE Tiefflieger aus Nord-Nord-Ost!

KELLER Alle Mann auf Gefechtsstation!

Schrecken, lähmende Angst.

Schon kommt der erste Pulk heran, Geschoßgarben aus Maschinengewehren, Detonationen von Sprengbomben.

Die Männer laufen zu den Unterständen, werfen sich hin, laufen wieder...

Barry steht mit zwei andern an einem Fliegerabwehrgeschütz, aus Kisten schleppt er die Magazine herbei.

In kurzen Salven bellen die Geschütze auf.

Eine zweite Welle kommt heran, wieder einfallende Geschosse,

Schreie von Verwundeten...

Eines der Flugzeuge wird getroffen, ein Flügel bricht ab – es bohrt sich neben dem Unterstand in den Boden – so nahe, daß ein Regen von Trümmern und Erde über die Männer herabfällt.

Kaum sind die Flugzeuge verschwunden, da tauchen hinter einem Hügel vier Panzer auf. Sie richten ihre Geschütze auf den Unterstand, schon bricht der Feuerhagel erneut los.

Als sie kehrt machen und davonrollen, ist der Unterstand nur noch ein Trümmerhaufen. Die Verwundeten kommen in eine Notunterkunft, einen mit Blech überdachten Graben am Rande des Drahtzauns. Jene, die unversehrt geblieben sind, machen sich an die Aufräumungsarbeiten, doch werden sie immer wieder von einfallenden Granaten gestört.

Ohrenbetäubendes Krachen der Detonationen.

Fort Esperanza Nacht

Die Trümmer des Gebäudes heben sich kaum gegen den dunklen Nachthimmel ab. Von Zeit zu Zeit geht eine Leuchtkugel hoch, badet das Land in blendender Helle. In diesen Augenblicken sieht man dahinhuschende Gestalten, die hinter Bodenwellen Schutz suchen. Es sind Partisanen, die hoffen dürfen, in der zerschlagenen Befestigung leichte Beute zu machen.

Gefühl von Kälte, Hunger, Erschöpfung.

Barry ist mit Brush und Joe in einen Graben geflüchtet. Er steht bis zu den Knöcheln im Grundwasser, seine Kleider sind lehmverschmiert. Vorsichtig blickt er über den Rand hinweg: In den vorderen Abschnitten der Gräben hat der Kampf Mann gegen Mann begonnen.

Man hört vereinzelte Schüsse, Keuchen, Schreien.

Und dann Einschläge, ganz in der Nähe – aufgeworfener Dreck, Metallsplitter. Eine Rauchgasgranate rollt in den Graben, die Männer bekommen keine Luft mehr, müssen den Graben verlassen.

Um sie herum wird schon gekämpft, und als sie auftauchen, laufen auch schon einige wieselflinke Gestalten auf sie zu, geduckt, Gewehre mit Bajonetten im Anschlag.

Ein mörderischer Kampf beginnt, jeder kämpft gegen jeden, man erkennt Feind und Freund nicht mehr, es geht nur noch darum, um jeden Preis sein eigenes Leben zu verteidigen.

Verzweiflung, Todesangst, Haß.

Fort Esperanza Mittag

Der Kampf ist vorbei. Tote und Verwundete liegen umher. Es gibt kaum einen, den es nicht irgendwie erwischt hätte.

In den Gräben sitzen sie beisammen, verbinden ihre Wunden... Einer teilt Zwiebackschnitten aus, ein anderer bemüht sich, Wasser in einem Topf mit Hilfe von Trockenbenzin zum Kochen zu bringen.

Draußen Geräusche, ein Schleifen, das Schmatzen von Schlamm.

Brush richtet sich auf, blickt sich vorsichtig um, dann klettert er aus dem Graben, geht der Gestalt entgegen, die hier auf allen Vieren näher kommt. Es ist Sergeant Keller. Er hat eine tiefe Wunde am Bein, das er sich mit einigen Stoffstreifen selbst abgebunden hat. Die Männer helfen ihm in den Graben herunter.

KELLER *ächzend* Es geht schon. Habt ihr einen Verbandkasten da?

BRUSH Hier haben wir noch Jod und ein paar schmutzige Binden.

KELLER Besser als nichts. Kann mich einer versorgen?

Brush schneidet ihm den Stoff des Hosenbeins auf, versucht die Wunde mit etwas Gaze zu reinigen. Dann tunkt er Jodlösung darauf und schlingt Binden herum.

BRUSH Ob das etwas nutzt?

Keller richtet sich ein wenig auf, stützt sich auf den Ellbogen.

KELLER Wieviel sind wir?

BRUSH Vier Mann, Sergeant.

KELLER Und wie steht es mit den Fahrzeugen?

BRUSH Alles kaputt.

KELLER Und die Funkgeräte?

BRUSH Unter den Trümmern, Sergeant.

Keller denkt kurz nach.

KELLER Zwei von euch müssen Hilfe holen. Wer meldet sich freiwillig?

Die Männer sehen einander abschätzend an. Brush dreht sich zu Barry um.

BRUSH Kommst du mit, Barry?

BARRY In Ordnung, Brush.

BRUSH Wir beide gehen, Sergeant.

KELLER Nehmt an Vorräten mit, was noch da ist! An euch liegt es, ob wir hier herauskommen.

Die andern Männer packen ihren Notproviant aus, reichen ihn Brush und Barry.

KELLER Macht's gut, Leute!

Brush und Barry greifen nach ihren Gewehren, klettern aus dem Graben und machen sich auf den Weg über die Tundra. Ein Gewaltmarsch liegt vor ihnen, 40 Kilometer über unwegsames Gelände, von Sturm und Kälte bedroht und ständig in der Gefahr, den Partisanen in die Hände zu laufen, aus dem Hinterhalt abgeknallt zu werden.

Widerstreitende Eindrücke von Erschöpfung, Lebenswillen, Fatalismus.

Stunden vergehen. Manchmal eine kurze Rast im Windschatten von Strauchwerk. Dann schleppen sie sich weiter.

Raketenlandeplatz Abend

Brush und Barry sitzen in der Kantine. Sie schlürfen Tee mit Rum, nagen an zähen Kommißbrotscheiben.

Bleierne Müdigkeit im ganzen Körper.

Seitlich von ihnen ein beschlagenes Fenster. Brush wischt die Tropfen beiseite – eine Kolonne von 20 Panzerfahrzeugen bewegt sich den Weg entlang.

BARRY Ob sie durchkommen?

BRUSH Ich denke schon. Die Partisanen greifen meist nur einmal an und wechseln dann rasch ihren Standort. So sind sie schwer zu fassen.

BARRY Aber die Flugzeuge? Die Panzer? Ich dachte, es handelt sich bloß um einen Haufen schlecht ausgerüsteter Plünderer – heimliche Einwanderer, Flüchtlinge von der Erde.

BRUSH Glaubst du, sie könnten sich so lang halten, wenn sie nicht Unterstützung bekämen? Und wie kommen sie hierher?

BARRY Du meinst – die Roten? Auch hier, am Sirius?

BRUSH Sieht so aus. Aber wer kennt denn schon die Wahrheit?

Wieder sieht Barry durch die Scheibe, der Fahrzeugkolonne nach, die allmählich im Dunst verschwindet. Nach einer Weile dreht er sich wieder herum.

BARRY Was ist denn nun die Wahrheit, Brush? Ich habe eine Menge erlebt, in den letzten Tagen. Ich habe einen ganz anderen Sirius kennengelernt – ein wildes Bergland mit tiefen Schluchten und reißenden Flüssen. Und ich habe noch ganz andere Bilder gesehen – Inselgruppen im Meer, Wälder und Wiesen, prächtiges Siedlungsland! Und ich schwöre dir, Brush, es war genauso wirklich wie das hier. Was ist denn nun wahr und was nicht?

BRUSH *ernst* Ich weiß es auch nicht, Barry. Ich bin schon länger hier drin als du, und ich hab' schon eine Menge erlebt. Ich war auch schon in jenem Traumland, von dem man uns erzählt hat und von dem du sprichst.

BARRY Du warst dort? Also existiert es?

BRUSH Ich bin mir nicht so sicher. Ich weiß es einfach nicht. Es kann Wirklichkeit sein, aber auch ein Psychospiel, Projektionen...

BARRY Aber warum denn, Brush, warum?

Brush überzeugt sich zuerst, daß ihnen niemand zuhört. Dann beginnt er flüsternd zu reden.

BRUSH Ich hab' mir meine eigenen Gedanken gemacht. Natürlich weiß ich nicht, ob ich richtig liege. Aber eigentlich kann es nicht anders sein. Ich glaube, das hier ist die Wirklichkeit. Und ich glaube *nun ganz leise,* daß wir uns auf der Erde befinden.

BARRY *leise* Und der Sirius, Brush?

BRUSH Der Sirius: eine Täuschung, mit der man uns betrügt – die vollkommene technische Illusion. Weißt du, warum die Sirius Transit gegründet wurde? Welche Aufgabe sie ursprünglich hatte? Sie sollte Freiwillige anwerben. Die Männer unseres Landes wollten diesen verrückten Krieg in einem fremden Land nicht mehr mitmachen, und die Regierung konnte es sich nicht leisten, sie weiter dazu zu zwingen. Aber der Krieg geht weiter.

BARRY – mit Freiwilligen.

BRUSH – ja, mit Freiwilligen. Aber woher sollten die Freiwilligen kommen? Ich glaube, die Sirius Transit hat das Problem gelöst.

BARRY *zu sich selbst* Und deshalb...

BRUSH Sie haben dazu eine Erfindung benutzt, das Globorama. Erlebnistheater nennen sie es. Es macht süchtig wie eine Droge, aber es verursacht keine physischen Schäden. Es handelt sich um eine Aktivierung der unterbewußten Wunschvorstellungen, unterstützt durch die Globorama-Szenerie. Frag mich nicht, wie es funktioniert. Man glaubt sich in eine phantastische Landschaft versetzt, man läßt die Phantasie spielen und erlebt alles das, was man sich im Geheimen gewünscht hat. Und schließlich weiß man nicht mehr, wo die Wirklichkeit zu Ende ist und die Illusion beginnt.

BARRY Und die Leute, die diesen Vorführungen verfallen sind...

BRUSH Zuerst gewöhnt man sie an eine Dimension des Erlebens, die sich vorher kein Mensch ausmalen konnte. Man bringt sie in ein Traumland und bietet ihnen alles, was nur denkbar ist – Reichtum, Freundschaft, Liebe, Erfolg. Und zwischendurch schickt man sie hierher.

BARRY ...und das ist die Wirklichkeit...

BRUSH Ich fürchte es, Barry, ja.

BARRY Und man kann sich nicht davon lösen?

BRUSH Wem gelingt das schon! Selbst wenn man das Spiel durchschaut... Es bleibt ja trotzdem wunderbar: das Abenteuer in der Wunderlandschaft ewiger Sonne, das Eindringen in unberührte Tropenparadiese, das

Wunder des Sirius. Wer soll sich lösen? Wer will sich lösen? Hast du sie gesehen, die Entlassenen, die Rekonvaleszenten in Permanenz, die Hoffnungslosen auf Warteliste? Es sind nicht viele, die durchkommen –, und die wenigen, denen es gelingt, entläßt man mit Wohlwollen. Für sie ist das Abenteuer zu Ende. Solang sie in Santa Monica bleiben, gibt man ihnen Geld. Gelegentlich erhalten sie eine Freifahrt im Globorama.

Barry hebt den Arm, als wollte er den anderen an der Schulter packen – doch er läßt ihn wieder sinken.

BARRY Aber Brush – wenn du das alles durchschaust... Warum machst du nicht Schluß? Man braucht doch nichts anderes zu tun, als Santa Monica zu verlassen – oder hält einen jemand fest?

Brush schüttelt den Kopf.

BARRY Du bist doch kein Abenteurer, Brush! Du bist intelligent – wahrscheinlich hast du ein College besucht. Und jetzt sitzt du hier und läßt dich gängeln wie ein Affe, dem man Elektroden ins Hirn gesetzt hat, eine Marionette, die man von fern steuert.

BRUSH *mit verändertem Tonfall* Jetzt hör mir einmal zu, Barry! Ich weiß nicht, warum ich dir das alles gesagt habe. Es sind vage Vermutungen, wahrscheinlich Unsinn. Es kann völlig anders sein, und wir werden es niemals herausfinden. Am besten, du vergißt es.

Barry schiebt sein leeres Glas beiseite, steht auf. Auch Brush steht auf.

Stimmungswandel: in Barry plötzlich das Gefühl von Empörung – und Entschlossenheit.

BARRY Nicht dran denken? Vergessen? Soll man sich wirklich mit so einer Schweinerei abfinden? Müßte man da nicht etwas dagegen tun?

BRUSH *beunruhigt* Was redest du dir da ein, Barry? Du wirst doch nicht... Laß die Finger davon! Wenn du aus der Sache rauskommen willst, dann versuch es! Aber misch dich nicht in Dinge ein, die dich nichts angehen!

Und laß mich aus dem Spiel!

Barry steht dicht vor Brush, und dieser erkennt mit Bestürzung die Entschlossenheit in dessen Gesicht.

BARRY Vielleicht geht es mich doch etwas an, Brush. Da gibt es nämlich noch etwas, wovon du keine Ahnung hast.

BRUSH *erstaunt* Und das wäre?

BARRY Ob du's glaubst oder nicht – wenn du willst, kannst du mich für verrückt halten... Aber du warst ehrlich zu mir, und ich will es auch sein. Gus Griffin ist mein Bruder. Und nun sag noch einmal, es ginge mich nichts an.

Barry nickt Brush zu und verläßt den Raum. Brush bleibt wie erstarrt zurück.

Flugleitung Vormittag

Barry hält vor der Tür kurz an – da ist das Schild FLUGLEITUNG. Er klopft und tritt ein.

Der Mann mit den silbernen Streifen am Kragen, der leitende Offizier des Hafens, blickt erstaunt auf.

OFFIZIER Was fällt Ihnen ein? Sie haben sich wohl in der Türe geirrt!

BARRY Nein, ich muß mit Ihnen sprechen.

OFFIZIER Dann lassen Sie sich gefälligst auf dem Dienstweg anmelden. Und jetzt hinaus, sonst rufe ich die Ordonnanz!

Barry zieht einen Ausweis aus der Brusttasche – es ist die Legitimation, die ihm Gus gegeben hat, mit dessen eigener Unterschrift. Barry legt sie dem Offizier auf den Tisch. Dieser sieht sie flüchtig an, stutzt, blickt noch einmal hin...

BARRY Es ist ein Sonderausweis von Gus Griffin.

Der Offizier steht auf, schiebt Barry einen Sessel hin. Er sieht beunruhigt aus. Barry bleibt stehen, der Offizier will sich setzen, zögert... Den Ausweis hält er noch in der Hand, und Barry nimmt ihn an sich.

BARRY Gus hat mich mit einem besonderen Auftrag betraut. Ich sollte mich hier ein wenig umsehen...

OFFIZIER Haben Sie sich umgesehen? Ist alles in Ordnung?

BARRY *barsch* Nichts ist in Ordnung.

OFFIZIER Ja, aber...

BARRY Es hat nichts mit Ihnen zu tun.

OFFIZIER Und was kann ich für Sie tun?

BARRY Ich muß am schnellsten Weg zurück nach Santa Monica. Können Sie eine Rakete startklar machen?

OFFIZIER *erleichtert* Selbstverständlich. Ich werde sofort Anweisungen geben. Vielleicht in einer Viertelstunde...

BARRY In Ordnung. In einer Viertelstunde bin ich an der Rampe.

Er dreht sich um und verläßt den Raum.

Raketenbasis Vormittag

Die Rakete steht bereit. Einige Männer in grauen Uniformen lungern herum, offenbar etwas beunruhigt. Erstaunt sehen sie Barry nach, der die Leiter emporklettert und im Passagierraum der Rakete verschwindet. Die Luke schließt sich.

LAUTSPRECHERSTIMME Rakete startklar, Startfeld räumen! Startfeld räumen!

Die Leiter wird eingezogen, zwei Männer tragen sie eilig davon. Auch die andern räumen das Gelände, das innerhalb einiger weniger Sekunden menschenleer ist.

LAUTSPRECHERSTIMME Achtung, Zündung!

Ein Feuerstrahl schießt unter dem Raketenkörper hervor, Rauch steigt auf.

LAUTSPRECHERSTIMME Ich zähle zum Countdown: 10, 9, 8, 7, 6, 5, 4, 3, 2, 1, go!

Jäh verstärkt sich der Feuerstrahl, langsam drückt er die Rakete nach oben, sie schwankt ein wenig und steigt dann mit wachsender Geschwindigkeit höher.

Starkes Ansteigen des Andrucks, schmerzhafte Spannung der Gurte.

Passagierraum keine definierbare Zeit

Im Passagierraum der Rakete befindet sich ein einzelner Stuhl. Barry hat den Helm aufgesetzt, die Gurte sind angezogen, aber das Schnappschloß ist nicht verriegelt. Seine Unterarme liegen auf den Armlehnen, der Rücken preßt sich in die Polsterung.

Mühevolles Atemholen unter der steigenden Belastung.

Dunkle Schwaden vor den Luken, flackernder Feuerschein...

Das Zischen und Röhren der feuersprühenden Rakete.

Dahinschießende Nebelfetzen vor den Luken, dann ein helles Blau, das allmählich in Violett- und später in Grüntöne übergeht.

Der dahinjagende Raketenkörper vibriert, gelegentlich ein leichtes Trudeln... Barry kämpft um das Gleichgewicht, doch an seinen Augen ist erkennbar, daß er allmählich die Selbstbeherrschung verliert.

Schwindelgefühl.

Die Vibration wird stärker, die Rakete beginnt zu schwanken...

Das heulende Röhren der Rakete geht in dunklere, harmonisch summende Töne über.

Dann plötzlich Stille.

Barry versucht sich zu bewegen. Während er die Gurte löst, blickt er gespannt zur Luke – er ist ein wenig irritiert, denn die Rakete scheint inmitten eines blaugrünen Leuchtens niedergegangen zu sein, in dem Lichtreflexe einen stetigen Tanz aufführen.

Endlich hat er sich von Gurten und Helm befreit und tritt an eine der Luken heran: Das blaugrüne Leuchten scheint sich unbegrenzt in die Umgebung fortzusetzen, oben eine unbestimmte Wellenbewegung im lichtdurchwirkten Raum, unten ruhigeres, azurblaues Dunkel... Und dann kommt ein Schwarm von Fischen näher, hält kurz vor der Luke – einen Atemzug lang kann Barry in die ausdruckslosen Augen der Tiere sehen – dann eine blitzschnelle Wendung und der Schwarm schwimmt wieder ins Unbestimmte hinaus.

Es gibt keinen Zweifel – er befindet sich unter Wasser, wahrscheinlich im Meer.

Barry löst sich vom überraschenden Anblick, der sich ihm bietet, kehrt zum Stuhl zurück. Er setzt wieder den Helm auf, befestigt lose die Gurte... Dann drückt er auf den Startknopf am Armaturenbrett. Das Wasser draußen beginnt zu wirbeln, Gischt steigt auf, dann ein weißer Nebel und wieder die Vibration der Rakete. Und doch ist alles ein wenig anders... verschwommener, unwirklicher... vielleicht eine Spur von Benommenheit, eine Folge der physischen und psychischen Belastung. Barry schüttelt den Kopf, als wollte er aufsteigende Zweifel abschütteln.

> Die Begleitgeräusche ähneln nun eher einer Musik als dem Röhren eines Getriebes.
>
> Verwirrung, verzweifeltes Bemühen, die Eindrücke zu ordnen.

Barry kämpft gegen eine Ohnmacht an. Von Zeit zu Zeit sinkt sein Kopf nach vorn, doch dann reißt er sich wieder zusammen.

Mit aller Energie zwingt er sich dazu, wach zu werden. Er erschrickt – da sind zwei Menschen neben ihm. Plötzlich stehen da auch zwei Stühle – links von ihm sitzt Gus, rechts Jutta.

Auf ebenso unerklärliche Weise sind die engen Luken des Passagierraums verschwunden – an ihrer Stelle befinden sich nun die gewölbten Klarsichtscheiben eines Raumschiffs. Und da schweben sie schon über einer Kraterlandschaft, da und dort Vulkankegel mit rauchenden Fahnen.

Sie gleiten weiter, das Gebirge senkt sich ab, weite, trogförmige Täler breiten sich aus.

Sanft wiegende Bewegungen, nur noch leichtes Schwindelgefühl.

Langsam gleiten sie tiefer, in einer ruhigen, schwebenden Bewegung.

Leises Rauschen der dünnen Luftschichten, in die sie eintauchen.

Unter ihnen ein sanftes Hügelland, Wiesen, Felder, Pappelreihen, strohbedeckte Bauernhäuser, Ochsen am Pflug, spielende Kinder am Brunnen. Lämmerherden in Eichenhainen, Hirtenjungen mit Stäben, Mädchen in Glockenröcken, die hinauf blicken, die Augen mit den Händen abschatten, winken...

Plötzlich überraschende Klarheit der Gedanken.

BARRY Das ist alles nicht wahr, Gus – ich weiß es.

Gus blickt Barry unbeweglich an.

BARRY Warum tust du das, Gus? Es ist Betrug! Du nutzt die Menschen aus, ja mehr noch: Du stiehlst ihnen ihre Würde! Du machst sie willenlos, du machst sie lächerlich!

JUTTA Wie kannst du so etwas behaupten, Barry? Wie kannst du so mit Gus reden? Schau dir das da unten an...

Sie deutet nach unten, wo immer neue, liebliche Szenerien erscheinen.

JUTTA ...weißt du nicht, wie die Erde heute aussieht? Wer würde noch solche Bilder sehen, wenn sie ihnen Gus nicht gäbe? Wer würde noch die freie Natur kennenlernen, die reine Luft, das klare Wasser? Wer würde noch das Gefühl verspüren, dieses Land zu entdecken, zu erobern und sein eigen zu nennen? Gus macht den Menschen ein Geschenk, und sie sollten ihm dankbar sein.

BARRY Und warum dann der Alptraum des Partisanenkriegs?

JUTTA Ganz einfach: Nur wer das Häßliche kennt, kann die Schönheit würdigen.

BARRY Aber es ist doch alles nicht wahr, es ist doch Schwindel, Täuschung!

GUS Was ist Wirklichkeit, was ist Täuschung? Wirklichkeit ist das, was man erlebt. Und das, was ich den Leuten biete, sind Erlebnisse. Sie erleben es wirklich, Barry – so klar und eindeutig, wie es gar nicht anders sein kann. Das ist die Wirklichkeit – nichts anderes.

BARRY *flüsternd, voller Zweifel* Aber damit dürfen wir uns doch nicht zufriedengeben... Das kann doch nicht das Ziel sein!

GUS Was willst du eigentlich, Barry? Du hast dein Ziel erreicht. Du hast das Abenteuer gefunden, du hast den Sirius kennengelernt. Du bist mein Bruder, Barry, und ich werde alles tun, um dich glücklich zu machen. Wenn du es willst, dann führ' ich dich hinaus bis zu den Sternen, bis ans Ende der Welt, an ihren Anfang und an ihr Ende.

Unversehens vollführt das Raumschiff eine weite Kurve, steigt dabei steil an – die Landschaft fällt zurück. Ein paar Sekunden Dämmerung, dann das Lichterfeld der Sterne...

Die Sterne geraten in Bewegung, werden dichter, werden zu Staubwolken, zu Dampf. Ein Regenbogen entsteht rund um den Horizont herum, wölbt sich auf, schließt das Raumschiff in sich ein.

Barry blickt nach links und nach rechts – Gus und Jutta sind verschwunden, er ist wieder allein. Er hebt den Kopf – die Spitze der Rakete zielt in einen schwarzen Abgrund vollkommener Leere.

Herbert W. Franke
in den suhrkamp taschenbüchern

Ypsilon minus. Mit einem Nachwort von Franz Rottensteiner. 1976. 168 S. Phantastische Bibliothek Band 3. st 358

Zarathustra kehrt zurück. Science-fiction-Erzählungen. 1977. 216 S. Phantastische Bibliothek Band 9. st 410

Sirius Transit. 1979. 170 S. Phantastische Bibliothek Band 30. st 535

Zone Null. Science-fiction-Roman. 1980. Phantastische Bibliothek Band 35. st 585

Einsteins Erben. Science-fiction-Erzählungen. 1980. Phantastische Bibliothek Band 41. st 603

Phantastische Bibliothek
in den suhrkamp taschenbüchern

Violetter Umschlag kennzeichnet die Bände der »Phantastischen Bibliothek« innerhalb der *suhrkamp taschenbücher*

Band 1 Stanisław Lem, Nacht und Schimmel. Erzählungen. Aus dem Polnischen von I. Zimmermann-Göllheim. st 356
Band 2 H. P. Lovecraft, Das Ding auf der Schwelle. Unheimliche Geschichten. Deutsch von Rudolf Hermstein. st 357
Band 3 Herbert W. Franke. Ypsilon minus. st 358
Band 4 Blick vom anderen Ufer. Europäische Science-fiction. Herausgegeben von Franz Rottensteiner. st 359
Band 5 Gore Vidal, Messias. Roman. Deutsch von Helga und Peter von Tramin. st 390
Band 6 Ambrose Bierce, Das Spukhaus. Gespenstergeschichten. Deutsch von Gisela Günther, Anneliese Strauß und K. B. Leder. st 365
Band 7 Stanisław Lem, Transfer. Roman. Deutsch von Maria Kurecka. st 324
Band 8 H. P. Lovecraft, Der Fall Charles Dexter Ward. Zwei Horrorgeschichten. Aus dem Amerikanischen von Rudolf Hermstein. st 391
Band 9 Herbert W. Franke, Zarathustra kehrt zurück. st 410
Band 10 Algernon Blackwood, Besuch von Drüben. Gruselgeschichten. Aus dem Englischen von Friedrich Polakovics. st 411
Band 11 Stanisław Lem, Solaris. Roman. Aus dem Polnischen von I. Zimmermann-Göllheim. st 226
Band 12 Algernon Blackwood, Das leere Haus. Phantastische Geschichten. Deutsch von Friedrich Polakovics. st 30
Band 13 A. und B. Strugatzki, Die Schnecke am Hang. Aus dem Russischen von H. Földeak. Mit einem Nachwort von Darko Suvin. st 434
Band 14 Stanisław Lem, Die Untersuchung. Kriminalroman. Aus dem Polnischen von Jens Reuter und Hans Jürgen Mayer. st 435
Band 15 Philip K. Dick, UBIK. Science-fiction-Roman. Aus dem Amerikanischen von Renate Laux. st 440
Band 16 Stanisław Lem, Die Astronauten. Utopischer Roman. Aus dem Polnischen von Rudolf Pabel. st 441
Band 17 Phaïcon 3. Almanach der phantastischen Literatur. Herausgegeben von Rein A. Zondergeld. st 443
Band 18 Stanisław Lem, Die Jagd. Neue Geschichten des Piloten Pirx. Aus dem Polnischen von Roswitha Buschmann, Kurt Kelm, Barbara Sparing. st 302

Band 19 H. P. Lovecraft, Cthulhu. Geistergeschichten. Deutsch von H. C. Artmann. Vorwort von Giorgio Manganelli. st 29

Band 20 Stanisław Lem, Sterntagebücher. Aus dem Polnischen von Caesar Rymarowicz. Mit Zeichnungen des Autors. st 459

Band 21 Polaris 4. Ein Science-fiction-Almanach von Franz Rottensteiner. st 460

Band 22 Das unsichtbare Auge. Eine Sammlung von Phantomen und anderen unheimlichen Erscheinungen. Erzählungen. Herausgegeben von Kalju Kirde. st 477

Band 23 Stefan Grabiński, Das Abstellgleis und andere Erzählungen. Mit einem Nachwort von Stanisław Lem. Aus dem Polnischen von Klaus Staemmler. st 478

Band 24 H. P. Lovecraft, Berge des Wahnsinns. Zwei Horrorgeschichten. Deutsch von Rudolf Hermstein. st 220

Band 25 Stanisław Lem, Memoiren, gefunden in der Badewanne. Aus dem Polnischen von Walter Tiel. Mit einer Einleitung des Autors. st 508

Band 26 Gerd Maximovič, Die Erforschung des Omega-Planeten. Erzählungen. st 509

Band 27 Edgar Allan Poe, Der Fall des Hauses Ascher. Aus dem Amerikanischen von Arno Schmidt und Hans Wollschläger. st 517

Band 28 Algernon Blackwood, Der Griff aus dem Dunkel. Gespenstergeschichten. Deutsch von Friedrich Polakovics. st 518

Band 29 Stanisław Lem, Der futurologische Kongreß. Aus dem Polnischen von I. Zimmermann-Göllheim. st 534

Band 30 Herbert W. Franke, Sirius Transit. Roman. st 535

Band 31 Darko Suvin, Poetik der Science-fiction. Zur Theorie und Geschichte einer literarischen Gattung. Deutsch von Franz Rottensteiner. st 539

Band 32 M. R. James, Der Schatz des Abtes Thomas. Zehn Geistergeschichten. Aus dem Englischen von Friedrich Polakovics. st 540

Band 33 Stanisław Lem, Der Schnupfen. Kriminalroman. Autorisierte Übersetzung aus dem Polnischen von Klaus Staemmler. st 570

Band 34 Franz Rottensteiner (Hrsg.), ›Quarber Merkur‹. Aufsätze zur Science-fiction und Phantastischen Literatur. st 571

Band 35 Herbert W. Franke, Zone Null. Science-fiction-Roman. st 586

Band 36 Über Stanisław Lem. Herausgegeben von Werner Berthel. st 587 (erscheint im 2. Halbjahr 1981)

Band 37 Wie der Teufel den Professor holte. Science-fiction-Erzählungen aus Polaris 1. st 629

Band 38 Das Mädchen am Abhang. Science-fiction-Erzählungen aus Polaris 2. st 630

Band 39 Der Weltraumfriseur. Science-fiction-Erzählungen aus Polaris 3. st 631

Band 40 Die Büßerinnen aus dem Gnadenkloster. Phantastische Erzählungen aus Phaïcon 2. Herausgegeben und mit einem Vorwort von Rein A. Zondergeld. st 632

Band 41 Herbert W. Franke, Einsteins Erben. Science-fiction-Geschichten. st 603

Band 42 Edward Bulwer Lytton, Das kommende Geschlecht. Aus dem Englischen übersetzt von Michael Walter. st 609

Band 43 H. P. Lovecraft, Die Katzen von Ulthar und andere Erzählungen. Deutsch von Michael Walter. st 625

Band 44 Phaïcon 4. Almanach der phantastischen Literatur. Herausgegeben von Rein A. Zondergeld. st 636 (erscheint im Januar 1981)

Band 45 Johanna Braun, Günter Braun, Unheimliche Erscheinungsformen auf Omega XI. Utopischer Roman. st 646 (erscheint im Februar 1981)

Band 46 Bernd Ulbrich, Der unsichtbare Kreis. Utopische Erzählungen. st 652 (erscheint im Januar 1981)

Band 47 Stanisław Lem, Imaginäre Größe. Aus dem Polnischen von Caesar Rymarowicz. st 652 (erscheint im Januar 1981)

Band 48 H. W. Franke, Paradies 3000. Science-fiction-Erzählungen. st 664 (erscheint im Februar 1981)

Band 49 Arkadi und Boris Strugatzki, Picknick am Wegesrand. Utopische Erzählung. Aus dem Russischen übersetzt von Aljonna Möckel. Mit einem Nachwort von Stanisław Lem. st 670 (erscheint im März 1981)

Band 50 Louis-Sébastien Mercier, Das Jahr 2440. Deutsch von Christian Felix Weiße (1771). Herausgegeben, mit Erläuterungen und einem Nachwort versehen von Herbert Jaumann. st 676 (erscheint im April 1981)

Band 51 Johanna Braun, Günter Braun, Der Fehlfaktor. Utopisch-phantastische Erzählungen. st 687 (erscheint im Mai 1981)

Band 52 H. P. Lovecraft, Stadt ohne Namen. Gespenstergeschichten. Aus dem Amerikanischen von Charlotte Gräfin von Klinckowstroem. Mit einem Nachwort von Dirk Mosig. st 694 (erscheint im Juni 1981)

Band 53 Leo Szilard, Die Stimme der Delphine. Utopische Science-fiction-Erzählungen. Mit einem Vorwort von Carl Friedrich von Weizsäcker. st 703 (erscheint im Juli 1981)

Band 54 Polaris 5. Ein Science-fiction-Almanach. Herausgegeben von Franz Rottensteiner. st 713 (erscheint im August 1981)

Band 55 Arthur Machen, Die leuchtende Pyramide und andere Geschichten des Schreckens. Aus dem Englischen von Herbert Preissler. st 720 (erscheint im September 1981)

Band 56 Science-fiction aus der DDR. Herausgegeben von Franz Rottensteiner. st 727 (erscheint im Oktober 1981)

Band 57 Stanisław Lem, Mondnacht. Hör- und Fernsehspiele. Aus dem Polnischen übersetzt von Klaus Staemmler, Charlotte Eckert, Jutta Janke und I. Zimmermann-Göllheim. st 729

Band 58 Herbert W. Franke. Schule für Übermenschen. st 730

Band 59 Joseph Sheridan Le Fanu, Der besessene Baronet und andere Geistergeschichten. Deutsch von Friedrich Polakovics. Mit einem Nachwort von Jörg Krichbaum. st 731

Band 60 Philip K. Dick, LSD-Astronauten. Deutsch von Anneliese Strauß. st 732